ためらいがちに重なった唇が、逃げないとわかった途端強く押し付けられる。
握られていた手が離され、腕が身体に回る。

黄《よ》泉《み》の唇《くちびる》

火《ひ》崎《ざき》 勇《ゆう》
ILLUSTRATION：亜《あ》樹《き》良《ら》のりかず

黄泉の唇

LYNX ROMANCE

CONTENTS

黄泉の唇

冷たい。

寒い。

身体《からだ》の内側から冷気が染み出してきて、細胞の一つ一つを凍らせてゆく。

中心に冷えきった芯《しん》があり、外側から温めるだけではどうにもならない。

欲しいのは、熱だ。この身体の内側から燃え上がるような熱だ。

早く。

早くそれを手に入れないと凍えてしまう。

凍えて死んでしまうかもしれない。

だから、早く俺に熱をくれ。

今すぐに『熱』を……。


「久原《くはら》さん、今日は不機嫌ですね」

部下の伊藤《いとう》に図星をさされて、俺は唇を歪《ゆが》めた。

「否定はしない」

「でしょうね、その顔ですから。またあのご友人ですか?」

それもまた図星だ。

「仕方がない。学生時代からの『親友』だからな。困っている時には助けてやらないと」

このセリフには嘘《うそ》がある。

というか、俺と船戸《ふなと》が学生時代からの付き合いだということ以外、全《すべ》て嘘だ。

俺は船戸が好きだったが、彼にとって俺は『使える人間』なだけだろう。長い時間が自分達《たち》を友人にはしたかもしれないが、親友などではない。

そして今日『も』彼に呼び出されたのは、彼が困っているからではなく、仕事の手伝いをさせるためなのだ。

だがそれは色んな意味で秘密だった。

取り敢《あ》えず一番の理由としては、俺がサラリーマンで、社員のアルバイトが禁止だからということにしておこう。

「石島製紙《いしじませいし》さんとの打ち合わせはどうなさいますか？」

「月曜にする」

「ラフィアとの新規契約は？」

「書類はもうできて、宅配便で出した。後は向こうにサインを貰《もら》って返してもらうだけだ」

「すごいですねぇ」

伊藤は大仰に驚いてみせた。

「さすが、営業のエリート。仕事が早いなぁ」

「褒めても手伝わないぞ。伊藤はフクシマ酒造さんの書類は作り終わったのか？」

「今やってます。帰りに持ってく予定なので」

「もう退社時間だろう」

「だから帰り、ですよ」

「行ったら先方がもう誰もいないなんてことになったら困るだろ。早くやれ」

「はーい」

叱《しか》られても、伊藤は全く堪《こた》えていないような明るい返事をした。

研修を終えた彼が新人として配属された時、上司達は彼の、よく言えばのんびりとした、悪く言えば指示しないと動かないところを持て余していた。

誰が彼の面倒《めんどう》をみるか、となった時、俺は自ら手を挙げた。

指示しなければ動かないということは指示すれば動くということだ。勝手に動かれて尻拭《しりぬぐ》いをさせられるよりずっと扱いやすい。

それに、伊藤には俺にはない人懐っこさがあった。

何より、クヨクヨしない性格の強さ。あっけらかんとした生きるパワーみたいなものがある。それが俺にはとてもありがたかった。

彼を使って半年経《た》つが、俺にとってはいい部下だ。

「伊藤。俺は帰る。お前もそれが終わったら帰っていいぞ」

「立ち寄りは残業につきますかね？」

「本来就業時間中に終えられるものはつかない。だからそれにはつかないぞ」

「チェッ。我が社一番のクールビューティに言われちゃ文句も言えないな」

「……何だクールビューティって」

「久原さんのことですよ。綺麗《きれい》な顔で言うことはピシッとしてる。いや、綺麗な顔だから、言ってることがキツイのかな？」

「愛想が悪いってはっきり言われた方がいい」

「そこがいいって女もいますよ。伊達眼鏡《だてめがね》も似合ってます」

「慰めてるつもりなら結構。伊藤だって、バカっぽいところがいいって女子がいるぞ」

「バカですか？」

不満らしい顔で口を尖《とが》らせるから、肩を軽く叩《たた》いて笑ってやる。

「『っぽい』だ。明るくていいってことだろ。じゃあな」

「はーい。オトモダチによろしく」

伊藤は船戸とは会ったこともないのだから、それは社交辞令というより慣用句だろう。

「あれ、今日は誰かと会うの？」

だがその社交辞令を、丁度後ろを通りかかった宮部《みやべ》が耳に留めた。

同期で入ったのだが、一年で支社に飛ばされ、半年前本社に戻ってきてから何故かよく声をかけてくる同僚だ。

「友人だ」

「友人？　ホントに？」

「本当だが、何か問題でも？」

「デートかと思って焦った」

胸に痛いセリフ。

「そんな相手、いないよ」

笑ってごまかし、彼に手を振る。

「お先」

オフィスを出てエレベーターに乗ると、ため息が零《こぼ》れた。

「今日は『迎えに行く』か……」

スマホを取り出して船戸からのメールを確認する。

『お仕事だ。時間が経たない方がいいだろうから、迎えに行く。いつものところに車停《と》めてるから』

内容については触れていないが、俺を呼ぶのだから『あれ』がらみだろう。

俺と船戸は、高校の時の同級生だった。

何の偶然か、一年から三年まで同じクラスだった。

とはいえ、彼は俗に不良と呼ばれるタイプなのに、交友関係も広く、男女共に人気があった。

一方の自分は人付き合いが悪く、成績が優秀なのは自負していたが、友人と呼べる人間は少なかった。

もし『あのこと』が無ければ、自分達に接点はなかっただろう。

高校を卒業してからも、彼は両親の離婚と成績のせいで大学進学を諦《あきら》め、バイトで生活費を稼ぎながら、いつの間にか『何でも屋』なんて仕事を始めているが。俺は順当に一流大学に入学し、この通販会社大手の『エリア』に入社し、営業としてエリート街道を歩いている。

外見だって違う。

二人が並んで立っていても、俺達がツレだと思う人間は少ないだろう。

船戸は、髪を結べるほど伸ばし、色も抜いていて、着ているのはたいていエンブレムのベタベタ付いたパイロットジャケット。

俺はこの通り前髪だけは伸ばしているが、黒髪眼鏡でスーツがユニフォーム。

言うなれば水と油だ。

それでも、俺達はずっと繋《つな》がっていた。

今も、多分これからも。

利害関係が一致しているから、と船戸は思っているだろう。

けれど本当は、腹立たしいことに俺があの男に惚《ほ》れているからだ。

「船戸」

会社を出て、駅とは反対方向に歩き、最初の脇道《わきみち》を曲がったところに停まっている見慣れた車の窓をノックする。

返事の代わりに助手席のドアが開き、乗り込むと運転席の船戸は今日もパイロットジャケットを着ていた。

「シートベルト締めろ。すぐ出すぞ」

「こっちは夕食もまだなんだぞ」

「途中でコンビニ寄ってやるよ。ちゃんとしたメシは仕事の後だ」

「遠いのか？」

「郊外だ。車で一時間半」

「で？　用件は？」

俺はシートベルトを締めて、眼鏡を外した。

眼鏡を外すのは、社外バイトで顔を覚えられないためだ。

「旧家の当主が突然死。遺言書があるはずだが、弁護士は預かってないと言ってる。だからその遺言書を探すんだ」

車はすぐにスタートし、流れに乗る。

「嫌な符号だ」

「大丈夫。死因はクモ膜下出血で、自宅で倒れたから警察の司法解剖も入ってる。毒殺とか、陰謀はナシだ。……と、思う」

「お前の『思う』はアテにならない」

「そう言うなって、夕飯は奢《おご》るし、いいホテルも見つけてあるから。週末だし、泊まっていけるんだろう？」

「……ああ」

「あ、もちろん。ホテルも俺持ちでいいぜ」

「当然だ」

郊外、と言ったのに、車は高速に乗った。

目的地がどこであるかは興味がないので、文句は言わなかったが、高速を下りたところにコンビニがあるのかどうかだけが気になった。

空腹だったのだ。

「コンビニは？」

「あ、いけね」

「……サービスエリアに入ってくれ」

「ああ」

船戸がタバコを取り出して咥《くわ》えたので、俺は窓を細く開けた。

振り回されてる自覚はある。

都合よく使われてる自覚も。

でも仕方がない。

俺にも彼が必要なのだ。

愛情だけではなく、生きていくのに彼が必要なのだから。

最初のサービスエリアでおにぎりとお茶を買い、車中でそれを食べると、残りの時間は寝て過ごすことにして、俺は目を閉じた。

再び目を開けた時には、周囲に店のない、田舎道を走っていた。

船戸の口にはタバコがあり、車内はタバコ臭い。

ふと目をやると、灰皿は吸い殻でいっぱいだった。

肺ガンになるぞと脅しているのだが、喫煙の習慣を止《や》めるつもりはないらしい。

「久原、起きろ」

「起きてる」

「そろそろだ」

「随分な『郊外』だな」

皮肉を言うと、彼はハンドルを握ったまま肩を竦《すく》めた。

「向こうがそう言ったんだ。俺の感想じゃねぇよ」

道はどんどん細くなり、その突き当たりに巨大な門が見えた。

ヘッドライトを切り替え、門の表札を照らす。

わざわざ取り付けた青いハロゲンライトの光に『島田《しまだ》』の文字が見える。

「よし、ここだ。頼むぜ、インテリ」

彼は車を門の中に入れ、停車させた。

予《あらかじ》め訪ねることは告げてあったからか、同時に玄関の明かりも点《つ》く。

ガラスを張った格子の引き戸。横に大きな日本家屋。いかにも遺産相続で揉《も》めそうな、昔ながらの裕福そうな家だ。

車を降りると、俺は船戸の前に立って玄関のチャイムを押した。

「はい」

現れたのは、黒いスーツの中年男性だ。

「遅くなりました。FKコーポレーションです」

「ああ。何でも屋だな。入れ」

男は俺を上から下まで見て、背後に立つ船戸をちらりと見た。

FKコーポレーションというのは、船戸の会社の名前だ。ベタだが、船戸のFと俺のKと、イニシャルを取ってつけたのだ。

コーポレーションというのは、人によっては何でも屋を呼ぶことを外聞が悪いと思う客がいるので、それっぽく聞こえるように、だ。

船戸の会社であるのに社長の彼ではなく俺が先に立って挨拶《あいさつ》をするのも、彼が対応するより、スーツ姿の真面目《まじめ》そうな俺が前に出た方が印象がいいということでだった。船戸の姿を見た途端、依頼を後悔して玄関を閉めた客がいたので。

男に案内されて奥へ進むと、いかにも旧家といった広い座敷に、出迎えた男と同じように黒い服を着た男女が大きなテーブルの回りに十人ほど座っていた。

みんな目がギラギラしている。

部屋の片隅には骨壷《こつつぼ》を置いた簡単な祭壇。

葬式は済んだが納骨はまだ。

初七日以前ということだな。

俺は差し出された座布団を外してテーブルから離れた場所に正座した。

「遅くなりまして。ご依頼をたまわりました、ＦＫコーポレーションです。本日は遺言書の捜索ということで……」

「こんな若造に家中引っ掻《か》き回されるのは御免だぞ」

まだ挨拶の途中なのに、赤ら顔のじいさんが文句を言った。

「こんなの、信用できるんかい」

「叔父さん。本山《もとやま》さんの奥様からの紹介なのよ」

じいさんの言葉に、和服の中年女性が応《こた》える。

「とにかく、遺言書が見つかれば問題はないんだし、何もしないよりはいいでしょう？　もうケンカは沢山なのよ」

「美恵子《みえこ》はそう言うが……」

「いいじゃありませんか。これだけ探してみつからなかったんだ。もう人に頼んだ方が早いかもしれませんよ」

「俺達が探してみつからないものが、なんで他人に見つかるのか」

「遺言書がなけりゃ、叔父さんは一文だってもらえませんよ。遺産は兄弟にはわけられないんです」

「ばかいえ、徳造《とくぞう》は俺に畑を譲るって言ったんだ！」

「私にだって、お金を残してるって言ってくれたわ」

生臭い話題で盛り上がってしまったので、俺は慌てて割って入った。

「皆さん、落ち着いてください。今の疑問にお答えいたしますので」

ジロッと睨《にら》む視線。

「まず、お宅を引っ繰り返すようなことはいたしません。大体の目星をつけた場所をちょっと探す程度です。ご心配でしたら、ずっと付いてきてくださって結構です。また報酬につきましては、成功報酬、つまり遺言書が見つからなければここまでの往復の足代だけで結構です。ガソリン代と高速の料金ですね。お心付けは歓迎いたしますが、法外な料金を取ることはいたしません」

「見つからなかったら、お金はいらないってことか？」

「実費はいただきます」

「足代って幾らだ？」

「東京からですから、まあ税金分なども含めまして一万程度で。もちろん、領収書はお切りします」

意外なほど安い価格に、皆は顔を見合わせた。

多分、何十万と取られると思っていたのだろう。

「ただし、見つけたら成功報酬は三十万ですよ」

船戸が背後から言葉を補足する。

「こんな大家の財産争いだ。遺言書が見つからなくて裁判するよりずっと安いでしょう？」

船戸の言葉に、また一同が文句を言おうとした時、テーブルの一番奥に座っていた白髪の老婆が口を開いた。

「よろしいでしょう。私が頼みます。あんた達は黙ってなさい」

老婆、とは言ったが、髪が白いから老婆というだけで、喪服を着て座る姿はしゃんと背筋も伸びている。美しいおばあちゃん、だ。

老婦人、と言い直そう。

だが俺は慌ててその老婦人から目を逸《そ》らした。

「船戸」

代わってくれ、と彼に促す。

「いるか？」

「多分。写真で確認しないとわからないが」

「あの、長押《なげし》んとこにかかってる端のがそうだろう。写真がまだ新しい」

示された場所に目をやると、輪郭のぼけた白黒写真から新しいカラーまで、恐らく歴代当主であろうという写真が額にはまって飾られている。

一番端の写真には痩《や》せた老人が写っていた。

「あれだ」

俺が確認すると、船戸が俺を押しのけて前へ出た。

「さて、それじゃまず、皆さんのお名前と続柄を教えてください。亡くなられたのは島田徳造さんで間違いないですね？」

彼が始めた質問は、捜索には意味のないものだ。

ただ、来た、見つけた、ではうさん臭いので、それっぽい質問をしているだけだ。

「奥様と弟さんに妹さん。それにお子さん達ですか。それで、故人が普段使われていた部屋は？　あ、案内は後でいいです」

俺は彼の声を聞きながら、じっと自分の手を見ていた。

顔を上げたくないな。

もう少しおとなしくしててくれるといいんだが。

「なるほど。それで月に一回はゴルフに行くほど健康だった。骨董品《こっとうひん》なんかの収集は？　いや、趣味が何だったか、という程度の質問です」

じっと見つめていた自分の手に、皺《しわ》だらけの指先が伸びてくる。

来た。

「船戸。もういい」

俺が呼ぶと、彼は俺の手を握った。

「すぐできるか？」

「多分」

「ＯＫ。それじゃ、どの部屋でもいいですが、我々を二人きりにしてください。布団部屋でも物置でも、あんた達が俺達を通してもいい、と思う部屋に」

「ここじゃできんのか？　インチキじゃないなら、目の前で話をしろ！」

「うるせぇな、インチキじゃねぇから企業秘密があんだよ」

怒鳴り散らした男に、船戸がドスの効いた声で返す。

「あの……、伺ってましたから、隣の座敷へどうぞ」

紹介者がいるから、と言った、髪を結んだ女性が立ち上がる。

俺と船戸も、彼女に続いて立ち上がり、後をついて行った。

長い廊下の途中にある。八畳間。

子供の玩具《がんぐ》が片隅に置かれている。これは孫のか？

「ここでよろしいですか？」

「結構です。では、我々が出てくるまで、しばらくお待ちください」

半ば強引に女性を追い出し、船戸が襖《ふすま》を閉じる。

「いいぞ。入れろ」

背後から、彼が俺を羽交い締めにする。

俺は顔を上げ、見たくないと思っていた老人の顔を見た。

目の前に立つ、痩せた、あの写真の老人の顔を。

しっかりと正面からその目を見つめた瞬間、視界がブレる。

全ての輪郭が二重になり、目眩《めまい》がする。

「……来い」

俺の呼びかけに応えて皺だらけの指が俺の手に触れようとしてすり抜け、老人の姿が俺の手に吸い込まれるように歪みながら消えた。

……来る。

自分ではない何かが、身体の中に染み込んで来る。

冷たい。

寒さは感じないのに、内側から冷たくなってくる。

そんなことはあり得ないが、液体窒素を飲まされたら、こんな感じになるのかも。

内臓から外側に向かって冷気が広がってゆき、立っていられなくなる。

『俺』が、消えてゆく。

いや、隅へと追いやられるのだ。

力を失い、膝《ひざ》を折る。

身体を支えているのは、船戸の腕だけだった。

「島田徳造？」

「『……誰だ？』」

船戸が名を呼ぶと、俺の唇が動いた。

口も、声も、俺のものだが、言葉を発しているのは俺ではない。

「誰でもいい。あんたの大事な家族が、モメてるぜ。このままだと骨肉の争いってやつだ。女房もやつれてただろう？」

「『文子《ふみこ》……』」

俺の中に入り込んだ者が、妻の名を呼んだ。

「遺言書はどこだ？　それがあればモメずに済むんだ。さっさと教えな」

「『遺言……』」

「ゴルフ行くほど元気で、ボケちゃいなかったんだろ、ちゃんと喋《しゃべ》れ」

「『遺言書は……文子の部屋だ』」

戸惑いや、懐かしむ気持ちが俺の中に広がる。

だがこれは『俺』の感情じゃなく、中に入った島田老人のもの。

「ばあさんの？　だがばあさんは見つけられなかったと言ってるぞ。あの女が嘘をついてるのか？」

「『文子の……ワニ革のハンドバッグの中に入れた。結婚してすぐに買ってやった』」

「何だってそんなとこに」

「『大切にしてたからだ。もう古臭くて使いもしないのに。ちゃんと手入れしているのを見たからだ。あそこなら、間違って捨てたりしないだろう』」

「なるほどね」

「『毎年、すす払いの日に出して……。きちんとクリームを塗って……、磨いて。もっと、色んなところへ連れて行ってやればよかった。新しいものを買ってやってもよかった』」

後悔と愛《いと》しむ気持ち。

ああ、この人は人生をまっとうできたんだな。

恨みや憎しみはカケラもない。

あるのはただ悲しみと、妻への愛情と先に逝く後悔だけだ。

「『二人で行った、伊豆《いず》の旅館に予約も入れていたのに。それを伝えてもやれなかった。今年の夏には一緒に出掛けようと思ってたのに……』」

「はい、はい。そういうのは、ばあさんの夢枕《ゆめまくら》にでも立って本人に言ってやりな。あんたはこれで用済みだ。さっさと出ろ」

言うなり、彼は俺の耳たぶを咬《か》んだ。

「痛ッ！」

痛みが走り、冷気がスッと抜ける。

だが、身体の芯には冷たいものが残ったままだった。

「久原？」

「……ああ」

「久原だな？」

「ああ」

答えると、羽交い締めにしていた腕が離れる。

「立てるか？」

「大丈夫だ。恨みも何もないみたいだったから」

「じゃ、もうちょっと我慢しろ。連中に説明しなきゃならない」

「ああ」

改めて、彼は手を差し出し、俺の身体を支えた。

老人は部屋の隅に座ったまま、こちらを見ている。

もう目を合わせないようにしながら、俺は老人に向かって言った。

「奥さんのところに行ってあげてください。それが一番いい」

返事はなかったが、老人は立ち上がり、壁を抜けて消えた。

船戸が襖を開けると、それだけで澱《よど》んだ空気が薄らぐ気がして、俺はほうっと息をついた。

「行くぞ、久原」

彼が俺を必要とする理由。

ＦＫコーポレーションの業績が優秀な理由がこれだ。

俺が、霊媒体質というかイタコのようなことができるから、だ。

子供の頃から幽霊をよく見た。

最初は見るだけだったのだが、そのうち彼等《ら》の言葉が聞こえるようになり、いつしか彼等が身体の中に入ってくるようになった。

俺がこんな体質だと知っているのは、船戸だけだ。家族すら知らない。

彼は、俺のこの体質を利用して、今のように死者の言葉を聞いて、失《う》せ物を探し出す。

そして俺は……。

「お待たせしました。推測ができました」

思ったより早く戻ってきた俺達に、一同は驚きを隠さなかった。

「できねぇってことがわかったのか？」

「いや、見つけられる。奥さん、あんたダンナから貰ったものはないか？」

「何ちゅう口の利き方だ。もう少し……」

「あんたに訊《き》いてねぇよ、オッサン。奥さんはダンナからもらって大切にしてるものはないか？　特に身につけるもの」

　船戸の言葉に老婦人は考え込んだ。

「指輪……、ですか？」

「そんなもんじゃなく、あんたが部屋に置いてて、ダンナからもらったもので、普段は使わなくて、遺言書を入れられるようなものだ」

「そう言われても……」

「ハンドバックとかは？」

　せっかく遠回しに示唆していたのに、辛抱できずに船戸が言うと、彼女はハッとしたように目を見開いた。

「あります。ワニ革のハンドバッグが」

「よし、じゃあ取りに行こう。遺言書はその中だ」

「あんた、何言ってんだ。そんなもんの中に……」

「うるせぇな、文句は確かめてからにしろ。さ、行こうぜ、奥さん」

彼は老婦人の腕を取り、強引に立たせて部屋を出て行った。

もちろん、彼の言葉の真偽を確かめようとする男達も引き連れて。

だが俺は立てなかったので、その場に座り込んだままだった。

「大丈夫ですか？　顔色が……」

心配したのか不審に思ったのか、残っていた娘が声をかける。

「大丈夫です。ちょっと気分が悪くなっただけですから。じっとしていれば治ります。風邪かもしれないので、近づかない方がよろしいですよ」

差し出されようとした手を断り、身体を引く。

「温かいお茶でもお持ちしましょうか？」

「ありがとうございます」

冷たい。

自分の身体が冷たい。

座っている畳が、氷のようだ。

家の奥から喚声が上がる。

よかった。どうやら見つかったようだ。

簡単に見つかってしまうと、報酬が高いともめることがあるが。その点、船戸が相手ならば『悪い意味で』大丈夫だろう。

「三十は高すぎる。あんなもん、文子さんが気が付きゃすぐに見つかった」

「見つけられなかったものを見つけた。契約は履行してる。文句はねぇだろ。それに、さっきちゃんと『払います』とそっちの奥さんが言っただろ。ちゃんと録音取ってあるんだぜ」

戻ってきた彼等はまだ言い合っていた。

文句をつけてるのは、最初から絡んでいた赤ら顔の男だ。

「そんなん、口約束だろう」

「あのな、オッサン。口約束も法律じゃ契約って認められるんだぜ。四の五の言ってねぇで、さっささと払いな」

「何だ、その口の利き方は！　お前はヤクザか」

「ヤクザだったらこんなにおとなしくしてねぇよ」

もめてるな。

長くかかると困るんだが。

「やめなさい。ちゃんとお支払いします。この方達は、ちゃんと事前に説明もしてくれたでしょう。私がお約束したんですから、私が支払います」

「……しかし義姉《ねえ》さん！」

「依頼主は話がわかる御婦人でよかったぜ。それじゃ、サービスに……」

船戸は老婦人の耳に何かを囁《ささや》いた。

女性は驚いた顔をし、「確認してみます」と小声で答えた。きっと、伊豆の旅館の予約のことを教えてやったのだろう。

どうでもいいと言ってたくせに、老夫婦への心遣いのつもりか。

それから、彼女が差し出した剝《む》き出しのままの札を受け取ると、船戸は俺の腕を取って立たせた。

「帰るぞ」

その腕の感触に、ビクッと身体を震わせる。

「……領収書を」

「ああ。そうだったな。お前、先に車に行って待ってろ」

車のキーを渡され、俺はふらふらと玄関へ向かった。

「領収書のお名前は？　島田でいいか？」

「結構です。領収書は要《い》りません」

彼等のやり取りを聞きながら、玄関へ向かい、靴を履いて、倒れ込むように車に乗る。

冷たさが寒さに変わり、唇が震える。

いつまで経っても、この感覚には慣れない。

『死』というものは、こんなにも冷たいものなのか。

熱が欲しい。

早く身体を温めて欲しい。

車内を見回し、後部座席にあった膝掛を身体に纏《まと》った。

ぎゅっと身体を縮め、膝を抱えるようにして丸くなる。

手が……、動いてしまいそうだ。どうしたら熱を感じられるか知っているから。

でもここでするわけにはいかない。

他人の家の玄関先だし、覗《のぞ》かれでもしたら嫌だ。

「お待たせ」

ようやく船戸が車に戻ってきても、俺は声をかけることができなかった。

「限界か？　待ってろ。ホテルはすぐ近くだ」

きっと、家の中の人間達からは、俺達が慌てて逃げ出すように見えるだろう。まあ、もう二度と会うこともないであろう人間にどう思われてもいいが。

車が走りだす。

途中、カーナビを確認しながら彼が向かった先には、要塞《ようさい》のようなレンガ造りの城があった。

ライムグリーンの、控えめでありながらハデなネオンの看板には『ホテルドリームキャッスル』と書かれている。

随分ベタなところを選んだものだ。

都会のラブホテルなら、もうちょっとビジネスホテルっぽく寄せてるのに。都心から離れると、やはりどこかアトラクション的な方が生き残るんだろうか？

空き室を確認して、ビニールののれんみたいなものがかかっている入口から車を入れる。

これも昔ながらだな。

……俺も随分とラブホテルに詳しくなってしまったものだ。

「部屋は何にする？」

「……任せる」

「じゃ、この鏡の部屋にするか？」

「普通の……」

「任せるって言ったろ」

週末でも、半分ぐらいしか埋まっていない駐車場の片隅に車を停める。

船戸は、すぐに車を降りて、助手席のドアを開けてくれた。

「部屋までは自分の足で歩けよ」

「わかってる」

纏っていた膝掛けを座席に置いて、手をつきながら前屈《かが》みになって車を降りる。

春先の夜の空気は冷たくて、寒さが一段と俺の身体を硬くさせた。

「ほら、来い。こっちだ」

彼が手を貸してくれないのは、彼なりの優しさだと思っておこう。今触れられたら困る。

鏡の部屋というありがたくないネーミングの部屋が、入り口を入ってすぐのところにあったのも、気を遣ってくれたからだろう。

支払い用の小さな窓口の前を過ぎ、紫色の絨毯《じゅうたん》を踏み締め、一階の部屋へ入る。

船戸が明かりを点けると、中は思っていたよりも普通の部屋だった。

大きな円形のベッドのカバーと、ガラス張りのバスルームのバスタブが赤いのがちょっとアバンギャルドだが、置かれているテーブルとソファは白が基調だ。

「脱げよ」

言われるまでもなく、俺はネクタイを外して床へ落とした。

「手が上手《うま》く動かないか？」

わかってるクセに訊く。

「しょうがねぇな。ベッドに乗れ」

言われた通り、もそもそとベッドに乗る。

「上着」

命じられて、上着を脱ぎベッドの外へ落とす。

船戸も、ジャケットを脱いでベッドに上がった。

「今日はそんなでもないな」

彼は、俺の股間《こかん》を見て言った。

「だが、苦しかっただろう」

にやりと笑った顔にゾクリとする。

「むこう向いてろ」

もう我慢ができず、俺は自分でズボンのファスナーを下ろした。

「そう言うなって。ちゃんと手伝ってやる。『いつも』のように」

彼の手が伸びて、ファスナーの中に手を入れる。

「あ……」

「自分でするより、早くイくんだから、いいだろ？」

指が、ソコを摑《つか》む。

身体は冷たいのに、触れられるとそこに熱が集まる。

「あ……っ、ン……」

甘ったるい声を上げながら、彼の手に身を任せてしまう。

「前、ちゃんと開けろよ」

自分でズボンの前を開け、彼に勃《た》ちあがり始めた性器を晒《さら》す。

恥ずかしさは、もうとうに消えた。

いや、消えてはいないのかもしれないが、彼に隠すことは諦めた。

「手がいいか？　口がいいか？」

「……どっちでもいい」

「チェッ、情緒がねぇなあ」

ぼやきながら、彼が身体を折り、俺のモノを咥える。

仰向《あおむ》けになって天井を見上げると、そこに部屋の名前になっていた鏡があった。

「ひっ……」

温かい舌がソコを舐《な》める。

冷気に追いやられていた体温が、身体のあちこちからソコに集まってくる。

冷たかった。

寒かった。

身体の内側から冷気が染み出してきて、細胞の一つ一つを凍らせていた。

中心に冷えきった芯があり、外側から温めるだけではどうにもならない。

欲しいのは、熱だ。この身体の内側から燃え上がるような熱を生み出さなければならない。

早く。

早くそれを手に入れないと凍えてしまう。

凍えて死んでしまうかもしれない。

だから、早く俺に熱をくれ。

今すぐに『熱』を。

その『熱』が、性的な興奮だった。

彼の愛撫《あいぶ》を受けて、身体が熱くなる。

生きる本能がそうさせるのか、『死』を身体に入れるといつもこうだ。欲情して、身体を熱くさせたいという欲求に支配されてしまう。

船戸の手が、ズボンを大きく開いて更に深く咥える。

「あ……ッ、い…いい……っ」

普段は性欲など殆《ほとん》どないのに、幽霊を取り込んだ後はコントロールが利かない。

手足の末端から、僅《わず》かに残っていた体温がかき集められ、内側の冷気を押し出す。

快感が全身に広がると同時に、身体が熱くなり、やっとかじかんでいた手足が動くようになる。

「船戸……」

求めるように彼の髪に触れると、船戸は口を離して俺の上に覆い被さった。

「俺のも握れよ。もう手も動くだろう？　少しは楽しませてくれ」

「手、まだ冷たいぞ……」

「それも刺激だ」

船戸は身体を起こし、自分の前を開け、中を引き出した。

自分のモノより大きいソレを握ると、掌《てのひら》から温かさが伝わる。

「あ……」

その熱さだけで、ゾクッとする。

船戸はそれとわかってにやりと笑った。

「淫乱《いんらん》だな。触っただけで感じるなんて」

「違う、熱が……」

「熱いか？　俺のは」

「熱い……。凄《すご》く……」

「じゃ、好きなだけ握れ。俺も楽しむから」

ワイシャツを乱され、胸の先を舌で転がされる。

背中に走る快感が、じわりと熱を生む。

キスはしない。

インサートもなし。

その約束で俺達はこうして抱き合う。

俺達は親友なんかじゃないが、恋人でもなかった。

それなのに、こうしてセックスだけはする。

それは、俺のこの身体のせいだ。

この、忌むべき身体のせいで、俺はもうずっと、自分の好きな男に弄《もてあそ》ばれ続けていた。

みっともないほど乱れながら。

一番淫《みだ》らな姿を晒し続けていた。

「あ……、そこ……っ。船戸……っ！」

あの、暑い夏の日から……。


物心がついた頃から、俺は自分が他人とは違うものを見ているのだと知っていた。

事故のあった交差点。

飛び降りのあったビル。

病院の物陰。

いたるところに、暗い人々が蹲《うずくま》っている。

けれど、子供故の自己防衛本能で、それらと目を合わせたり近づいたりすることはなかった。

背筋が冷たくなるような感覚があると、すぐにその場を逃げ出すようにしていた。

だが中学に入ったばかりの時、失敗した。

それとは知らず、事故の多かった踏み切りを渡ろうとしてそこに立っている老婆に声をかけてしまったのだ。

「そんなとこ立ってると危ないですよ」

俯《うつむ》いていたおばあさんはカッと顔を上げ、俺を見た。

目が合うとにたりと笑い、足を動かすことなく俺の目の前までやってきた。

『寂しくてねぇ……』

耳の奥にわぁんと響くような声。

生きてる人の声ではない。

誰に教えられたわけではなく、本能で感じた。

マズイ。

そう思って足早に立ち去ろうとする俺に、老婆は手を伸ばした。

そして彼女が触れた途端、ずしりと身体が重くなった。

じわじわと、布に水が染みるように、老婆が『俺』に染み入ってくる。

「ひ……ッ、アッ！」

自分の『意識』なんてものを、それまで特別考えたことなどなかった。

けれどその時、自分が自分であるという時間、『意識』が他者に押しのけられる感覚を味わった。

『足が線路に挟まって動けなくなっちゃってねぇ。助けを呼ぼうにも、誰もいなくて、ずっと困ってたのよ』

足が重い。

背中に何かが張り付くような気がする。

『困ってるの……』

自分ではない何者かが、俺の身体を動かしている。
足を引きずりながら、彼女の言葉を再現するように、線路へ向かう。
住宅街の踏み切りには、誰も通らなかった。
その場所に蹲る俺に気づく人など誰もいなかった。
『力がなくて、足が抜けないの』
身体が、冷たくなってゆく。
そのせいで、四肢が動かなくなる。
そうこうしている間に、警報機がカンカンと音を立て始めた。
逃げないと。
このままでは自分が轢《ひ》かれてしまう。
だが、挟まっているわけでもないのに、足が動かなかった。
大きく響く警報の音。
もうダメだ。
電車が来て、自分は轢かれてしまうのだ。
そう覚悟した時、突然腕が痛むほど強い力で引っ張られた。
「ボウズ！　何やってんだ！」
腕を取ってくれたのは、恰幅《かっぷく》のいい、ニッカーボッカーをはいたおじさんだった。

おじさんは、動かない俺の身体の腕だけを摑んで踏み切りの中から引き出してくれた。

強い力が与えた腕の痛みを感じた瞬間、身体の中の異物感が消える。

直後、俺とおじさんの横を、もの凄い音を立てて電車が走り去った。

「あんなとこで何してんだ。危ないだろ！」

怒鳴るおじさんの声を聞きながら、俺は安堵《あんど》の涙を流した。

よかった。死なずに済んだと。

「おい、どうした？　ボウズ？」

そしてそのまま、寒さに気を失った。

まだ俺の腕を摑んでいるおじさんの手を、『温かい』と感じながら。

その事があってから、俺はより一層『あれ』を避けるようになった。

奴等につかまったら、自分の命が危ないのだ。

死にたくない。

ただその一心で、俺はその時から幽霊や化け物、自分の体質について調べ始めた。

真面目な学術書や、それっぽいマニア本、マンガや映画に至るまで、手当たり次第に目を通した。

目がある幽霊は恨みがあるものだとか、Hをしてると寄って来ないとか、人は死んでから四十九日は現世に止《とど》まっているとか。

自縛霊、浮遊霊、九十九神、妖怪《ようかい》。

日本の幽霊には足が無いが、外国では足があるのが当然とか。足が無いと思われてるのは古い絵の影響で、それ以前には普通の人間と変わらない姿だったとか。

塩が嫌い。

桃が嫌い。

角があるものを嫌う。

幽霊が現れるとその場所の気温が下がる。

虚々実々。いや、実際には真偽を確かめられないから、どれが本当だか、果たして真実があるのかすらわからないまま、雑多な知識だけを集め続けた。

それでも、何度か失敗を繰り返し、他の人にとってはどうだかわからないが、自分にとってはこうだという幾つかの答えを出した。

俺には、幽霊が普通の人間のように見える。

見た途端に強い寒気が走るタイプは、タチの悪いものだが、その矛先が固定されている時は、俺に害を与えないこともある。

つまり憎い相手が決まってると、俺なんかには目もくれないとか、ただ愚痴るだけで終わるとか、そんな感じだ。

影が薄いのは、時間を置かずにもう消えてしまうもの。

ただそこにいるだけのものもいる。

動物の霊も見かけたが、これは俺には関与がないみたいで、大した影響はない。

強い霊の言葉は聞こえるが、そんなに強くないものの声は聞こえない。

触れ合ってしまうと、身体の中に入られることがある。

身体の中に入って来ると、意識のせめぎ合いだ。

この身体の主導権を侵入者と争わなければならない。

俺の中で語りかけて来るタイプ。

これは俺は『俺』のままで、身体の中の声を聞けばいいし、出て言ってくれと語りかければちゃんと出て行ってくれる。

少しぐらいならゴネられても、強く出て行けと念じれば追い出せる。

だが『俺』を追い出そうとしたり、使役しようとする者もいる。これは、かなりやっかいで、正に戦わねばならない。

勝手な考えだが、幽霊というのは剝き出しの『意識』なのだと思う。

意識は柔らかく不安定で、実体がない。

だから、身体を失って剝き出しになった『意識』は、弱ければ消えてゆくし、強ければしばらくこの世に留《とど》まっていられる。

何か強い思いがあれば身体という殻を失っても、強固な『意識』として存在できる。

人の気持ちというのは、多分好きと嫌いでは、嫌いの方が強いのだろう。いや、『好き』という気持ちがあるならば、消えることを受け入れるのかもしれない。

嫌いとか、憎いとか、そういうマイナスの思考の方が『意識』を保ち易《やす》く、死を受け入れない。

それが嫌な感じの、悪い幽霊になる。

……のではないかと思う。

剝き出しのままの『意識』は、当然殻を欲しがり、俺の中に入って来ると出て行ってくれない。

出て行けと念じ、『意識』で戦っても、負けそうになることもある。

その時に痛みは俺の味方だった。

痛い、という感覚は、身体の持ち主である俺が一番に感じるもので、痛みは生命の危機を教える大切なもの。

だから『痛い』と感じる心は、強い俺の意識となり、他を押し出す。

線路で老婆を追い出したのも、おじさんが強く腕を摑んだ痛みのせいだろう。

そして幽霊を取り込んだ後、俺の身体には異変が起きる。

それは冷気だった。

死ぬ、ということは体温を失うこと。

あるべきものがなくなってしまうこと。

消失は無。

無は、真空のようなもの。

つまり、物質としての質量を失った幽霊という存在は、宇宙の真空のように冷たいものなのだ。

だから、幽霊が身体の中に入るということは、冷たさを取り込むということで、生きてる俺には寒くて冷たいものなのだ。

彼等が入ると、氷点下の雪山に放《ほう》り出されたように、凍えてしまう。

身体の内側から言い知れない冷気が湧《わ》きだし、自分では修復できない。

反動で、彼等が出て行くと熱が欲しくなる。

最初の頃は、厚着をしたり、風呂に入ったり、ベッドに潜ったりと、外から身体を温めようとしていた。

だが冷気の源は身体の中心にあるので、身体の外からいくら温めても、冷気はなかなか消えてくれなかった。

どうやったら、身体を温められるのだろう?

何が一番有効なのだろう?

考えている頃、俺は思春期の当然の行為として自慰を覚えた。

親に見つからないように、ベッドの中に潜って頑張ってると、暑くてたまらなくて。いつも終わると汗が滲《にじ》んでいた。

身体の内側からの、湧き上がる熱。

身体の芯からの冷気。

自分で考えたわけではないのに、その二つが結び付いてしまった。

意識を失いかけて熱を欲すると、『ああすれば熱が生まれる』と知った身体が性欲を全開にし、快楽と熱情を求めるようになったのだ。

しかも、『意識』を剝き出しにして戦った後だから、神経は過敏になり我慢もできなかった。

幽霊には近づかないように気を付けていた。

目を合わせないようにして、身体の中に幽霊が入らないように気を付けていた。だからそんな事態になるのはもう殆どないようにしていたのだが、それでも偶然『入れて』しまうことがある。

寒さに震え、何とか家まで戻り、身体の中に一点だけ熱いものがあるのを感じる。

知らない時には気づかなかったが、知ってしまったから、それが性欲だと理解した。

そして、手が伸びる。

自分で自分を高め始めると、手が止まらない。

これだったのだ、冷たい身体を温める方法は。

生きていることを求めた先は。

普段している自慰行為よりも感じる身体。溶けるような感覚。

身体に熱が広がり、絶頂は最高だった。

だが……、正気に戻った時にやってきたのは自己嫌悪だった。

あんなことのせいで『感じる』なんて、嫌だと思った。

だから、今まで以上に連中には近づかないようにしようと心に誓った。

入学した高校も、念入りに下見をし、変な噂《うわさ》のない学校を選んだ。学校には怪談がつきもので、時には本当に奴等がいることがあったから。

お陰で高校生活は順調で、成績優秀だった自分はその優秀さを皆に分けることで、イジメに合うこともなかった。

俺のノートが必要な連中が、いつも側にいてくれたから。

一人になりたくない。

一人になったら何かが来るかもしれない。

それを避けるための知恵だった。

その高校の同じクラスにいたのが船戸だ。

うちは特別進学校ではなかったが、特別荒れた学校でもなかった。

その中で、船戸は異色だった。

長く伸ばした髪を、女の子のようにカチューシャで留めて、制服のシャツのボタンも上まではしめておらず、口も悪い。

カバンは潰《つぶ》してるし、いつも騒ぎがあればその中にいる。教師にも、よく呼び出されては怒られていた。

不良、と呼ばれる部類の人間だ。

なのに、彼の周囲には人が多かった。

友人だけじゃなく、あんなに叱りつけていた教師達も、結局は苦笑しながら彼を許した。

俺のように、何かを提供して集めているわけではない。彼の魅力がそうさせるのだ。明るくて、気さくな性格や、人懐こい笑顔が。

そして俺も、その魅力に惹《ひ》かれた一人だった。

教室で、机の上に座って昨日のサッカーの話をしている彼を、眩《まぶ》しく見つめていたものだ。

船戸は、『生』の塊だった。

彼女がいるとか、無免許でバイクを走らせているとか、野球部に入っていないのに助っ人でホームランを打ったとか。

武勇伝を聞く度に、凄いなぁと関心した。

船戸は人生を謳歌《おうか》している。自由に楽しんでいた。

自分も、あんな風に生きられたら……。

彼のようにはなれないのはわかっていたし、なりたかったわけでもないが、何と言うか……。彼は一種男が憧《あこが》れる男だったのだ。

だが不良の彼と、優等生の自分。

接点など何もなく、同じクラスだから挨拶は交わすけれど、親しくなる可能性などなかった。

いや、彼とだけでなく、俺はいつも皆から浮いていた。

孤立はしていなかったが、一緒に遊ぶ友人はいなかった。

だって、遊びに行った先で『あれ』が出たら困るから。

一度一緒に行ったカラオケ屋の入口に座り込む暗い女の影を見つけてからは、誘われても断るようになっていた。

群れの中にはいる。

でも混ざることはできない。

白い羊の中に一匹だけまじった黒い羊。

同じ『羊』ではあるが、どこかが決定的に違う。そんな存在だった。

きっとずっと全てがこのままなのだろう。

諦めに似た気持ちで、日々を過ごしていた。

それが変わったのは、一年の夏休みが明けた日だった。

皆が教室にいる時に、クラスメートの一人、熊田《くまだ》が屋上から身を投げたのだ。

熊田はおとなしい性格で、俺と同じようにあまりクラスに馴染《なじ》めず、いつも一人だった。

人の輪から離れたところにいる者同士、時々話をしていて、自分にとっては親しい方のクラスメートだった。

その熊田が、身を投げたのだ。

学校は蜂《はち》の巣をつついたような大騒ぎになった。自殺か事故か、まさか他殺か。もし自殺ならば原因は何なのか。

熊田は何も言わず、何も残さずに亡くなったのだ。

警察が来て、生徒はすぐに帰宅させられた。

俺も、ショックを受けながら一人帰宅の途についた。

どうして？

確かにあまり友人はいないようだったが、特に教室でイジメにあってる様子はなかったし、俺以外にも話をする者もいた。

翌日、学校では『事故』としての説明がされた。夜には保護者説明会があるから、今日も皆すぐに帰るようにと先生から言われた。

「事故だってさ」

「違うだろ？　あいつが屋上に行ったのなんか、今まで見たことなかったぜ」

「しかもホームルームが始まる頃じゃん」

「俺達、別にあいつのことイジメたりしてなかったよな？」

「俺、一緒に帰ったこともあるんだぜ」

男子は彼の死に不審を抱き、女子は涙を流す。

だが、誰も彼が『どうして死んだのか』を知る者はいない。

重苦しい雰囲気のまま、授業は始まることなく終わり、暫《しばら》く噂を囁きあった後、みんな三々五々帰っていった。

俺は夏休みの間に借りていた本を返しに図書室へ向かったのだが、扉にはカギがかかっていた。

「久原、何してるんだ？」

図書室で顔なじみになっていた司書の先生に声をかけられ、抱いていた本を見せる。

「本を返しに来たのか」

「はい」

「今日は保護者説明会があるから、閉館だ。先生達もみんな体育館に向かうから、お前も早く帰りなさい」

「本の返却は……？」

「明日にしなさい」

「はい」

先生は図書室の入口に『本日使用禁止』と書かれた紙を貼《は》ると足早にその場を去った。

先生達も混乱しているんだろう。うちの学校は、比較的問題のない学校だったから。

仕方なく本を持ったまま教室へ戻ると、既に皆帰宅し、残っているのは男子生徒一人だった。

それでも誰もいないよりはほっとする、と思った瞬間、その生徒が顔を上げた。

「……熊田！」

熊田は、『あれ』になっていた。

名前を呼んでしまったから、透けた身体が俺が逃げるより先に近づいてきて腕を取る。

冷たい。

そう思った時には遅かった。

入られた。

『みんなのせいじゃない……』

頭の中に声が響く。

『クラスのみんなのせいじゃないんだ』

恨む、というより泣いているような声。

身体からは体温が奪われ、俺は近くの席に倒れるように腰を下ろした。

『先輩が……、金を持って来いって……。それが辛《つら》かったんだ……』

先輩？

『三年の……大野《おおの》さんが……。大野さんの自転車に一度ぶつかっただけだったのに、弁償しろって、ずっと……。それが辛かったんだ。母さんの財布からお金を抜いた時に、もうダメだって……。だから思わず飛び降りて……』

そうだったのか。

彼は自殺したのだ。

理由はそれだったのだ。

『みんなにごめんって。俺、バカだったよ。死にたくなかったよ』

同情してはいけない。

同情すれば余計に引きずられる。

『でも限界だったんだ』

けれど、彼の訴えが胸を締め付ける。

言葉を交わしていたのだから、気づいてやればよかったのにと。夏休みでなければ、助けてやれたかもしれないのにと。

『久原……。怖かったんだ。待ち伏せされて、殴られて……』

冷たさが身体に広がる。

手が、震える。

熱が欲しい。

『泉の……公園で、夜……。怖くて、ばかなことした。ごめん……』

早く、彼に出て行ってもらわないと、凍えて死んでしまうのではないかと思った。

夏の日差しは強く、さっきまでは汗ばむほどだったのに寒さで鳥肌が立つ。

俺は何とか身体を動かして、椅子を傾けた。

強《こわ》ばった手では身体を支えることができず、そのまま床へ倒れ込む。

「痛ッ」

思った通り、痛みは熊田を外へ追いやった。
辺りを見回しても、彼の姿はない。
ほうっと安堵の息をついたが、身体の凍えは消えていなかった。
教師達は皆体育館。
生徒は全員強制下校。
誰もいない、来るはずもない教室。
身体は熱を求めて疼《うず》いている。
家に帰るためにも、身体を温めなければならない。
ためらいはあったが、俺は熱を求めた。
「……ッ」
上手く動かない指で制服のズボンのファスナーを下ろし、中に手を入れる。
早く熱が欲しくて、自分のモノを握る。
「……あ」
手を動かすと、すぐにそこが熱くなった。
冷えた身体は起こされた熱を求め、欲望を増大させる。
飛び火したようにあちこちが疼き、快感が身体を包む。
手が、止まらない。

頭がぼうっとする。

「優等生が随分なトコでやってんな」

もうすこしでイケる、と思った時、声が響いた。

ハッとして見上げると、そこにいたのが船戸だった。

せっかく得た熱が、血の気と共に一気に引いてゆく。

「教室ってそそるのか?」

にやにやとした顔。

見られた恥ずかしさよりも、それが船戸であることに身体が震えた。

「あ……見るな……っ」

「見るなって言ったってよ、こんなトコでしてんのが悪いんだろ。何だったら手伝ってやろうか?」

近づいてきた船戸の手が、俺の手に重なる。

「あぁ……っ!」

熱い。

「冷たいな。何だってこんなに手が冷たいんだ?」

船戸の手が、熱い。

俺は必死に彼のシャツを摑んだ。

「だめ……。やめ……」

「『だめ』とか言いながら感じてるじゃん。いつもすましてる分、色っぽいぜ」

手はズボンの中から俺のモノを引っ張り出し、強く扱《しご》いた。

指が絡み付く。

腰が疼く。

寒さではない鳥肌が立つ。

「あ……っ、ん……」

他人の手でされることはもちろん初めてだった。

相手は自分がずっと好きだった船戸。

しかも身体は快感を求めている。

「い……あ……っ。だめ……だ。イク……っ」

我慢など、できるわけがなかった。

俺はすぐに彼の手の中で果ててしまった。

船戸の手を汚した瞬間に、熱が弾《はじ》けるように全身に広がる。

凍えて強ばっていた身体に自由が戻る。

「勇気があるな。こんなところでマスかくなんて」

笑いながら汚れた手を見せる彼を見た途端、涙が溢《あふ》れた。

何てみっともないところを見られたのだろう。しかも一番見られたくない相手に。

「泣くなよ。男だったら当然のことだろ。もっとも、場所は考えた方がいいと思うがな」

恥ずかしくて、情けなくて、涙が止まらなかった。

子供のようにしゃくりあげながら涙を流す俺に、船戸はからかうのをやめ、汚れていない方の手で俺の頭を叩いた。

「何か、煮詰まることでもあったのか？　俺でよかったら聞いてやるぜ？　熊田みたいに変な答えを出すぐらいなら吐き出した方がいい」

そう言われても、涙が止まらなかった。

船戸は立ち上がり、俺を置いて離れた。

呆《あき》れて帰るのだろう。

きっと明日には、俺が教室でマスターベーションしていたと、噂になるに違いない。

本当に、熊田のように身を投げたいくらいに辛かった。

「ほら、これで拭《ふ》いて、取り敢えず前をしまっとけよ」

泣きじゃくる俺の目の前に、スポーツタオルが差し出される。

船戸は、立ち去ってはいなかった。これを取りに行っていたのだ。

「これ……、タオル……」

「どうせ持って帰って洗うだけだ。別にいい」

「でも……」

「早くしろ」

強く言われ、俺は申し訳ないと思いつつもそれで自分のモノを拭《ぬぐ》った。

大きなスポーツタオルの半分で、彼が自分の手を拭く。

「立てるか？」

「……ん」

「立て。ここにいると先公の見回りが来るかもしれねぇから。移動するぞ」

「移動……？」

彼は自分と俺のカバンを持って背を向けた。

「来い」

立ち上がろうとしてふらつき、机にぶつかる。

「腰がイッたのか？　しょうがねぇな。ほら」

音に振り向いた船戸の腕が俺の腰に回ると、まだ快感の抜け切らない身体はざわついた。

「……あ」

「色っぽい声出すなよ」

言われて顔が赤面する。

今度はわざと、前より乱暴に腰を抱き、彼が俺を支えてくれた。

どこへ行くのかと思いつつも、船戸が自分をばかにしてないことに安堵してついて行くと、向かったのは社会科資料室だった。

小さな、棚で窓の半分が潰れている薄暗い部屋。

中へ入ると、彼は扉を閉め、内鍵《うちかぎ》をかけた。

「俺の喫煙所だ。先公達も一服してるから、匂《にお》いが残っててもバレねぇのさ」

言われてみると、微《かす》かにタバコの匂いがする。

彼は部屋の隅に置いてあったパイプイスを持ってきて広げ、俺に座れと促した。

「で？　何があった？」

自分は壁によりかかって立ったまま、こちらを見下ろす。

「好きな女の机でオナッてたって感じじゃねぇな。それにこの身体の冷たさ……」

言いながら船戸が俺の首に触れるから、また声を上げそうになる。

「過敏症だな」

耐えた様子を見て、彼は笑った。

「言っても……、信じない」

「だな。信じないかもな。だが信じるかもしれねぇぞ。言うだけ言ってみろよ。屋上からダイブするより簡単なことだろ？」

熊田の死を、彼も気にかけていた。

「俺は……、死んだりしない」

「だがまともじゃないぜ」

「わかってる。まともじゃないさ……」

口に出すと、また涙が滲んだ。

「責めてるわけじゃねぇよ。相談に乗るって言ってんだ。話してみろよ」

本当のことを言っても、電波な人間だと思われるだろう。

けれど、教室での自慰行為を見られた以上に『おかしい』と思われることはない。どうせ変なヤツだと思われるなら、本当のことを言ってしまおう。

それで信じなかったら、やっぱり信じないじゃないか、と諦められる。

おかしいヤツだと思われるなら、もう船戸は俺にかかわらないでくれるだろう。

「俺は……、霊媒体質なんだ」

「霊媒？」

「幽霊に乗り移られやすいんだ。それで……、さっき熊田に入られて……。幽霊に乗り移られると身体が冷えて、寒くてたまらなくなる。そのまま全身が凍るんじゃないかと思うくらい。その寒さを消すために、身体が熱を求めるんだ」

「まあセックスは身体が燃えるって言うからな」

「いつもは別に性欲なんかない。でもその時だけは、止まらないんだ。身体が……、それで温まるって覚えてしまって。したくて我慢できなくなるんだ」

「早く温まらないと、動けなくなって、失神する時もあるから……」

「場所も考えずに？」

「そいつは難儀だな」

「信じて……くれるのか？」

一瞬期待を込めて聞いたのだが、彼は首を振った。

「いいや」

「……だよな」

「だがまだ否定はしない。熊田となんか話でもしたか？」

「……少し」

彼としては冗談で訊いたのだろうが、俺が肯定したことで彼は意外という顔をした。

「何て言ってた？」

俺は一瞬迷ってから、熊田が言っていたことを口にした。

「三年の大野って先輩にたかられてたって」

「大野？　何組の？」

「知らない。大野としか。自転車にぶつかってから、金を強請《ゆす》られるようになって、泉の公園ってところで待ち伏せされて殴られたって」

「三丁目んとこの？」

「……知らない。とにかく、それで、親の財布からお金を盗んだ時に、もうダメだって思って、衝動的に飛び降りたみたいだ。俺が聞いたのはそれだけだよ」

「ふぅん……」

船戸は、何かを考えるように顎《あご》をさすった。

「このことは黙っててやるよ。だから死にそうな顔すんな」

「本当に？」

「言ったって誰も信じやしねぇよ。優等生の久原が一人でマスかいてました、なんて。言った俺の方がバカにされる。その体質、他に誰か知ってんのか？」

「ううん……」

「親は？」

「家族も知らない。こんなこと……、誰にも言えないよ」

「知ってるのは俺だけ、か」

「……うん」

船戸はまた考えるように口を噤《つぐ》んだ。

意外だった。

バカにされると思っていたし、行為の理由を尋ねられるとも思っていなかった。いくら泣いたからと言ってこんなふうに話を聞いてくれるとも思っていなかった。

友人達とバカ騒ぎをしている船戸だから、てっきり無視するかからかうものだと思っていたのに。

優しい男だ。

「俺は用事ができた。お前はこれで帰んな」

「船戸」

出て行こうとする彼を思わず呼び止める。

「ん？」

「……ありがとう。からかわないでいてくれて」

船戸は笑って俺の頭を叩いた。

「もしまたしたくなったら俺を呼べよ。また手伝ってやるよ」

そんなことあって欲しくはないが、『いやだ』とは言わなかった。

むしろ心の奥底では、もう一度彼に触れてもらえるかもしれないという期待すら抱いてしまった。

船戸が出て行ってから、俺ものろのろと下校した。

もう誰にも会うことなく。

後で知ったことだが、船戸は、この後真っすぐに三丁目にある泉の公園へ向かったらしい。

そこで学生がよく姿を見せていなかったかと聞き込みをし、熊田らしい学生を見かけた人間がいたことを知ると、警察に電話をした。

高校で亡くなった生徒がそこでカツアゲされてた。会話から『熊田』『大野』と聞こえたと、匿名で通報したのだ。

もちろん、彼はそこまで調べていたわけではなかった。

彼が聞いたのは、ただ熊田らしい学生がいたというだけだ。

だが、調べるなら、自分よりも警察の方が優秀だと思ったのだろう。

そして結果、警察の手によって大野が熊田に金銭を要求していたことが明らかになると、船戸は再び俺に声をかけた。

「本当だったな」

彼は、俺の言葉を信じたわけではなかったが、信じるために動いてくれたのだ。

そしてこうも言った。

「お前のこと、信じてやるよ。だから困った時は俺を呼びな」

本当に優しい男だと思った。

見かけよりずっと親切で、男気のある男なのだと。

それ以来、秘密を共有する者として急速に近しくなった自分達は、周囲に『合わない』と言われながらも友人になった。

彼は、俺が行きたくない場所に何がいるかわかってくれる。

どうして急に顔を背けたり、逃げ出したりするのかもわかってくれる。

だから、彼となら一緒に遊びに行くこともできた。

俺は、大好きな船戸が自分を信じてくれて、黙っていてくれたことに喜んで、より深く彼に好意を寄せるようになっていた。

船戸に依存していたと言ってもいいだろう。

彼がいれば、他の友人などいらないとさえ思っていた。

だが、その年明け。

一緒に初詣《はつもう》でに行った神社でまた『あれ』を拾ってしまった時、変化し始めた自分の気持ちに気づいた。

人混みで逃げることができず幽霊を身体に入れてしまった俺を、船戸は神社の奥に連れ込んだ。

爪《つめ》が食い込むほど強く腕を握って痛みを与えてあれを追い出す手伝いをしてくれた後、伸びてきた彼の手。

「船戸……」

彼の名を呼び、縋《すが》り付きながら、してくれるのが彼でよかった。この行為が嬉《うれ》しいと思った。

彼を好きだという気持ちは、男としての憧れなどではなく、彼の手を望むものだったのだ。

「や……ぁ……」

神社の裏手の暗がりで、背後から抱き締められるようにして前を握られる。

恥ずかしくてやめて欲しいのに、身体は彼を欲する。

厚手のコートの上から抱き締められ、前だけを広げられ、嬲《なぶ》られる。

「船戸……、いい……っ。自分で……」

好きな人にイタズラされたくない。

するなら、ちゃんと好きだからと言ってしたい。

だから自分でする。そう思ったのに、船戸は俺の耳元で囁いた。

「させろよ。お前のイク顔、悪くないぜ。久原が乱れた顔なんて、俺しか見らんねぇもんな」

その時、彼の優しさが親切ではないことに気づいてしまった。

自分は、彼を好きなのに、彼は堅物の優等生を淫らに弄べることを楽しんでいるだけなのだ。

恋心に気づいた直後の失恋。

辛くても、俺は彼の手を拒むことができなかった。

身体は熱を欲していたし、何より拒んで彼が離れていくことが怖かったから。

せっかく親しくなれたのに、この接点がなくなったら、自分達はまた言葉を交わすことさえなくなる関係に戻ってしまうだろう。

だったら、彼に身を任せることは『仕方がないこと』なのだから、これと引き換えに船戸を繋ぎ止める方を選ぼう、と射精するまで彼に身を任せた。

その後も、高校を卒業するまで、何度か彼の手を借りた。

だが船戸は、決して俺を抱こうとはしなかった。

本当に『手を貸してくれる』だけだった。

二人の間に愛情はない。

友情くらいはあるかもしれないが、彼は自分と同じ気持ちで触れてくるわけではない。

あの時以外に触れてこないのがその証拠だ。

そして高校を卒業し、俺は大学へ進み、船戸は就職した。

彼の家が既に破綻《はたん》していて、両親が彼の高校卒業を待って離婚することは知っていたので、驚きはなかった。

両親どちらの世話にもなりたくないから、一人暮らしを始めるというのも聞いていた。

学生時代の彼のバイト生活はその資金集めだったのだ。

だが、最初に勤めた工務店は、長く続かなかった。

その後も幾つかの仕事を点々とし、結局落ち着いたのは何でも屋だった。

短期の依頼に応えるというのは、船戸に合っていたらしい。

その仕事の最中に、彼に呼び出され、こう頼まれた。

「お前、自分から幽霊を呼び込むことはできるのか？」

話を聞くと、亡くなった一人住まいのＯＬの部屋から婚約指輪がなくなっていて、婚約者と家族がそれを探して欲しいと依頼してきたのだ。

あの時は、キツかった。

ＯＬは自殺と見られていたのだが、実際はそうではなかった。

彼女は殺されていたのだ。

指輪は、彼女を殺した女性が持ち去っていた。

殺された者は恨みを抱く。

アパートの隅に蹲っていた若い女の霊は、危険な霊だった。

強い霊を入れると、その分反動として身体の冷たさは強くなり、結果欲望も強くなる。

ラブホテルを使用したのは、あれが初めてだった。

そして一度イッただけでは満足できず二度したのも、彼に咥えられたのも、彼のモノを握ったのもあの時が初めてだった……。

その一件を受けて、船戸は勤めていた何でも屋を辞め、自ら起業したのだ。

FKコーポレーションを。

「俺は人に使われるのが好きじゃねぇんだよ。貧乏でも、一国一城の主《あるじ》の方がいい。それに、お前のその力があれば、きっと上手くいく。一緒にやろうぜ。会社にはお前の名前も付けてやる」

彼と離れたくない俺には、断ることはできなかった。

「お前の給料まで支払う余裕がないから、久原は自分の好きな道を行けばいい。時々手伝ってくれるだけでいいから」

自分は、彼にとって便利な人間。

手を出して楽しむ玩具。

それがわかっていても、彼の望みを叶《かな》えてやりたい。

「俺はちゃんとした会社に勤める。だから社員としての登録はできないし、いざって時しか手は貸せないぞ」

彼の会社に入らなかったのは、せめてもの矜持《きょうじ》だ。

「ああ、わかってる。お互い『いざって時』に相互補助だ」

「それを言うなら、相互扶助だ」

「どっちでもいいさ、もちつもたれつだろ」

最初に彼に惹かれた時は、きっと言葉も交わすことはないだろうと思っていた。

あの一件があっても、近づくことはできないだろうと思っていた。

高校を卒業したら、付き合いは終わるだろうと覚悟した。

この新しい会社が、違う世界に足を踏み出す自分達を繋ぐなら、たとえ望まないものであっても協力せざるを得ない。

今日まで自分達を繋いできたのは、これだけなのだから。

大学を卒業し、俺は今の会社に勤め、一人暮らしを始めた。

船戸も順調に会社を経営し、今では従業員もいる会社の社長。住まいも初めて住んだ六畳一間のアパートから、2DKのマンションへ。

互いに必要があれば電話で呼び合い、処理のために触れ合う。

長い時間の間に、嫌いになれればよかったのに、成長して益々《ますます》男らしくかっこよくなり、以前よりも落ち着いた彼は相変わらず自分にとって魅力的だった。

仕事もする。

遊びもする。

人付き合いも多く、仕事柄色んなジャンルにパイプを持つ。

彼女も何人か作っていた。あまり長続きはしていなかったが。

一方、自分は相変わらず優秀であることだけが唯一の取り柄の面白味《おもしろみ》のない会社員。

いつまで付き合っていれば、彼に近づけるのだろう。

どれだけ身体を差し出せば、求めてくれるようになるだろう。

仕事に協力しても、身体を差し出しても、俺は船戸の恋人にはなれない。

同級生で友人で、協力者にはなれたけれど、それ以上には進めない。

彼の手は知っている。

彼の熱も知っている。

だが彼が恋人をどんなふうに抱くかは知らない。

この身体は、彼の『手』以外知らない。

それでも、彼が自分を必要としてくれているならと思っていた。

けれど……、終《つい》にそれだけでは我慢できなくなってきていた。

好きと言って欲しい。

彼に自分を求めて欲しい。

彼の背中だけを追い続けるのが辛い。

一人でいるのが寂しい。

そんなふうに思うようになっていた……。


ペッティングだけのセックスが終わって、ルームサービスというより出前と呼んだ方がいい夕飯を食べ、就寝。

翌朝は早くにホテルを出て、サービスエリアで朝食を摂《と》り、家まで送り届けてもらった。

「コーヒーの一杯くらい飲んでくか？」

と誘ってみたが、彼は車から降りてこなかった。

「会社員と違って土日も仕事があるんだ。お前はゆっくり休めよ」

「忙しいんだな」

「貧乏暇ナシさ」

「嘘つけ、社長のクセに。少しはこっちにも還元してくれよ」

「じゃ、次は一流レストランにでも誘ってやるよ」

片手を上げ、それを別れの挨拶にして車がスタートする。

以前は立ち寄ることもあったのだが、最近はプライベートで二人きりになることも少ない。

それがまた心を寂しくさせる。

「もう少し名残惜しんでくれればいいのに」

あっさり去られると、やはり自分は仕事の道具なのではないかと思ってしまう。

築年数は経っているが、広さがあるということで選んだマンションの自分の部屋へ入ると、ドッと疲れが湧いてきた。

幽霊のことは、今も勉強している。

いつか船戸が自分の側《そば》から離れてゆく日のことを考えて、除霊浄霊の品物も持っていた。

とはいえ、あまりのめりこむと痛い人になりそうだから、取捨選択して、部屋にそれっぽいものは少ない。

最初は色々揃《そろ》えていたのだが、世の中で『霊に効く』と言われてるものは、どうも所詮《しょせん》人間が考えたものと信用ができず、意欲的に集める気にはなれなかったので結局少なくなったのだ。

第一、何故か効能は不明なのに高価なものが多かった。

今手元にあるのは、お寺のお札と、修学旅行で船戸が買ってくれたお守りと水晶の数珠だけ。

それでも十分だと思えるようになったのは、とあるお寺のお坊さんの言った言葉だった。

『自分がこれが効く、と思うものが一番効くんですよ。それが錯覚ならば、自分の気の持ちようですし、真実幽霊ならば心と心の戦いですから』

幽霊は『意識』だ、と思う自分には、なるほど、と納得できる言葉だった。

なので、お札はその寺のものだけにした。

パッと見回す限り、いたって普通の部屋だ。

俺は部屋に入ると、服を着替えてソファに座った。

幽霊を下ろした時の熱を欲しがる気持ちはとうに消えていた。

だが、船戸の指の感覚は残る。

「……しんどいな」

触れてもらえるだけでもいいと思っていた気持ちが、触れられるだけでは満足できないに変わってから随分経つ。

いっそ自分の口から『抱いてくれ』と言い出そうかと思ったことも何度かはあった。

好きなんだ。

愛してるんだ。

誰でもいいんじゃなく、お前だから触れさせているんだ、と。

だがそれを言い出して『ごめん、俺はそんなつもりがなかった』と言われたら、この微かな触れ合いすらも奪われるかもしれない。

船戸は基本的に優しい男だから、誤解させたまま触れるのは悪いからと離れるかもしれない。

第一、彼は性的にはノーマルだと思う。

女と遊んだ話もされたし、実際彼女と紹介された女性もいたのだから。

男の俺が好きと言って受け入れられてもらえるかどうか……。

彼が興味を示すのは、俺が普段真面目で堅物に見えるからだ。

その潔癖そうな俺を、自分の手で崩すのが楽しいのだ。

それを思うと、他で適当な相手を見つけたり、恋人を探すこともできなかった。

だが、一人の部屋は広い。

求める気持ちを抱えたまま置き去りにされるのも辛い。

この先ずっと、この関係が続くんだろうか？

仕事と友情を隠れみのにして、恋を殺し続ける。

今はまだいい。

船戸には決まった相手がおらず、今まで紹介された彼女達も、家庭に向くタイプではなく、いかにも遊び相手という女性ばかりだったから。

でももし、本当に彼が家庭を築きたいという女性が現れたら？

自分から見ても彼に相応《ふさわ》しいと思う相手が現れたら？

その時は、告白しなくても、この関係は終わるだろう。

そうなってからでは、告白をしてももう遅い。
残されるのは、このやっかいな身体と、ズタズタに引き裂かれた心だけだ。
俺はため息をつくと、ベッドへ移動した。
船戸を失うことなど考えたくない。
一人残される悲しみなど、想像したくない。
だがわかっていた。
もう考えなければいけない時期なのだ。
彼に本心を告げるか、彼から離れるか。
辛い選択だが、手遅れにならないうちに決断しなければ。
「……手遅れ？　何を言ってるんだ、俺は」
ベッドの中、思わず苦笑する。
もうとっくに手遅れになっているという自覚と共に。

「フクシマ酒造さんが新作を四月商戦のメインにしたいそうで、見本もらってきました」
結局、週末は一人部屋で過ごし、月曜からはまたサラリーマンとしての生活。

本当に、自分の部下が伊藤でよかったと思う。

「試飲させてもらったんですけどね。美味《うま》かったです。発泡の日本酒で、女の子受けもいいですよ。花見女子会の一杯はコレって感じです」

ピンク色の小さな酒ビンを手に、嬉しそうに熱弁を奮う伊藤を見ているとほっとする。

ああ、彼にはエネルギーがあるな、と。

「何か、販売促進用のアイテムの提供とかあったか？」

「それなんですけど、価格は下げたくないって言うんで、アメニティーでって提案したんですけど、お金がかけられないって言うから、カードとかどうかなって」

「カード？」

「花見期間に申し込まれた方にはスペシャル桜の写真カード。俺、いい写真持ってるんですよ。それをカードサイズにプリントアウトして添える」

「本当に伊藤が撮ったものか？　版権とか大丈夫なんだろうな？」

「俺が撮ったのですよ。学生時代あっちこっちふらふらしてる時に撮ったんです。フクシマ酒造さんの許可は取ってあるんで、あとはうちのＯＫさえでれば」

「同梱《どうこん》は手間がかかるからな。配送の許可が必要だろう。まず見本を作って、それを配送部に持って行って許可をとってこい」

「はい」

「よく考えたな」

「あざーす」

おざなり程度の褒め言葉なのに、伊藤はにっこりと笑った。……可愛《かわい》いヤツめ。

「ありがとうございます、だ」

「はーい。じゃ、チャチャっと見本作ってきます」

「契約書は？」

「デスクの上に置いてあります」

席を立った伊藤は、鉄砲玉みたいにもうオフィスを出て行った。

席を離れる時はどこに行くのかちゃんと言っていけと教えていたのに。

でもまあ、今日は許してやろう。

彼の元気をわけてもらって、悪くない気分だったから。

「伊藤は相変わらずだな」

空っぽになった伊藤の席に、宮部が座る。

「元気だけが取り柄みたいで。お前も苦労するだろう？」

ついでに淹《い》れてきてくれたコーヒーが差し出される。

「ありがとう」

礼を言って受け取りながら、俺も一息ついた。

「伊藤はいい子だよ。言われたことはちゃんとやるし」

「だが自分で考える頭がない」

「そうでもないさ。得意不得意はあるみたいだけど」

「もしよかったら、今日、帰りに一杯どうだ？　少し話があるんだ」

「いいよ。仕事か？」

「いや、まあ……、その時話すよ。じゃ、帰りに」

「ああ」

もう一度、カップを掲げてコーヒーの礼を示すと、彼はすぐに自分のデスクに戻った。

宮部は、いい家の出だと、以前誰かから聞いたことがあった。それなのに全然そういうところがなくて、いい人だと。

多分、女子社員だっただろう。

スマートで、線の細いイケメンだという言葉も付いていたから。

確かに、彼が身につけているものは、派手なブランド品では無いが、上質なものが多かった。

入ってすぐに支社へ飛ばされたのも、噂では地元の名士なので、一度地元で活躍させるためだったとも言われている。

物腰も落ち着いているし、いい人物だと思う。

何故かよく自分に声をかけてくるのは、多分同期という理由だろう。

うちの会社は、上下関係があまり強くはなく、皆気さくに会話を交わしている。

基本的な自分のデスクというものもあるが、気分転換用に、社員食堂になっているカフェには、仕事をしてもいいフリースペースのデスクもある。

コーヒーを飲みながら仕事ができる、そっちがいいという人間も多い。

もっとも、朝きてすぐにパソコンで席取りをしなければならないが。

宮部が今出て行ったのも、きっとカフェへ向かったのだろう。

にしても、相談か。

自分はあまり役に立たないと思うのだが、取り敢えず話くらいは聞いてやろう。

「話を聞いて欲しいのはこっちだけどな……」

明るい伊藤がいなくなって一人に戻ると、また頭の片隅に船戸の顔が浮かび、俺は慌ててパソコンに向かった。

せめて会社にいる時ぐらい、彼のことは考えないでおこう、と。


定時で上がり、デスクの上を片付ける時に、宮部が来た。

「あれ、お二人で出掛けるんですか？　いいな、俺も連れてってくださいよ」

ワンコのように懐いてくる伊藤を、宮部は軽くいなした。

「同期会だ。今度な」

「お二人、同期だったんですか。宮部さんって、支社から配属になったとばっかり」

質問は俺に向けて。

一度いなされたので、自分の質問に答えてくれないかも、と察したのだろう。こういうところは目端がきく。

「宮部は本社入社で、支社に行ったんだよ。カードは作れたのか？」

「はい。許可ももらいました」

「じゃ、御褒美で明日俺が昼飯付き合ってやる。おごりじゃないが」

「褒めてくれるなら、奢ってくれてもいいのに」

「薄給なんだ」

伊藤と話をしてると、宮部は早く行こうとばかりに俺の背中に手を回した。

「それじゃ、お先に」

別れの言葉を口にして、宮部と一緒にオフィスを出る。

「伊藤はホントに子供みたいだな」

エレベーターに乗ると、宮部はポツリと呟《つぶや》いた。

「嫌いか？」

「嫌いじゃないが……。多分自分の部下だったらウザイと思うかも」

「正直だな」

「俺はデキる人間が好きなんだ。久原も大変だろう？」

「元気のあるところが好きなんだ」

「上司に対する口も悪い」

こういうところが、お坊ちゃんなのかも。

自分は船戸の口の悪さに慣れてるから、気にしなかったのに。

「伊藤は、流行《はやり》のマイルドだったらしいぞ？」

「マイルド？」

「マイルドヤンキー。不良ってほどじゃないが、ちょっと悪ぶってるってやつ」

自分で言ってから、ああそうかと思った。

あのぞんざいな口の利き方に、船戸を思い出して親しみを感じてるのかも、と。

「マイルドでもヤンキーは嫌いだな。暴力的な人間は好きになれない」

「伊藤は暴力的じゃないよ」

何故か伊藤の話が続いていたが、外へ出ると宮部は話題を変えた。

「久原は、日本酒とワインと、どっちが好きだ？」

「特にどっちということはないな」

「じゃ、ワインでもいいか？　俺の行き着けの店があるんだ」

「いいよ」

答えると、彼は手を挙げてタクシーを停めた。

宮部がお坊ちゃまだという噂は本当らしい。

タクシーに乗ったのはほんの十分程度。電車でも移動できる距離だったが、連れて行かれた店は、個室のある小洒落《こじゃれ》たイタリアンレストランだった。

てっきり居酒屋とか焼き鳥屋だと思っていたのに。

「誘ったのは俺だから奢るよ」

爽《さわ》やかに笑って店の中へ入る彼に、ちょっと笑ってしまう。

女の子だったら、きっとこれだけでもボーッとなってしまうのだろう。

案内されたのは、向かい合った席がレンガの壁で囲われていて、まるでカマドの中のような雰囲気の個室だった。

彼は慣れた様子でワインリストからワインを選び、料理もオーダーしてくれた。

これは余程の相談かも。でなければ、彼が生粋のお坊ちゃまなのか。

最初のピザと鳥肉のソテーやエビのアヒージョとワインが運ばれて来るまで、彼は他愛のない話題をふってきた。

「久原の眼鏡、伊達だって聞いたけど本当かい？」

「ああ」

「どうして？　綺麗な顔なのに」

「お褒めいただきありがとう。眼鏡をかけてる方がビジネスマンって感じがして、外回りの時に年配者受けがいいんだ」

「外して見せてくれ、って言ったら迷惑か？」

「いや、別に」

言われて眼鏡を外してみせる。

宮部が眼鏡を見せろというように手を差し出したので、渡してやると、彼は自分の目にそれを当てた。

「本当だ。度が入ってない」

すぐに返してくれたので、また眼鏡をかける。

そこへ料理が運ばれてきたので、何となくグラスを合わせて乾杯する。

「何にだ？」

「お前の眼鏡に」

チン、とグラスを合わせ、最初の一口を流し込む。

ワインのことはあまりよくわからないが、軽目の赤で、飲み易かった。

宮部は器用な手つきで、自分と俺の小分けの皿に料理を取り分ける。

「それで？　相談っていうのは？」

酒を入れるなら早めに本題に入ろうと訊くと、その手が止まった。

「相談じゃないんだ」

「相談じゃない？」

「ああ」

「それじゃどうして……？」

「わかんないかな」

彼ははにかむように笑った。

「仕事のことか？」

「いいや」

「プライベート？」

「ああ」

「それで俺に？」

「久原に、だよ」

「……わからないな」

何だろう。

変な感じだ。

目の前にいる宮部は、照れたように優しい顔で微笑《ほほえ》んでいる。

これは『同僚』の顔じゃない気がする。

「ダメだったらダメって言ってくれていいんだけど、俺と付き合ってくれないかなと思って」

「……え？」

「俺ね、実はゲイなんだ」

カミングアウト。

自分は船戸に恋をしたことを、誰にも気づかれないようにひた隠しに今日まできたのに、宮部はそれを簡単に口にする。

いや、簡単ではないのかもしれない。

彼も悩んで、悩んで口にしてるのかもしれない。

けれど、彼に『付き合って』と言われた驚きより、それを相手に告げることができる宮部に対して、軽い嫉妬《しっと》を感じた。

俺だって、言いたかった、と。

「久原？」

「あ……、ああ、悪い。驚いて」

俺は眼鏡を外し、汚れてもいないのにレンズを拭いた。

「男同士はいいとして、どうして俺なんだ？」

「男同士はいいんだ？」

「今時はそう珍しいことじゃないだろう？」

「だよな。でもよかった、気持ち悪いって言って逃げ帰られなくて」

「そんなことしないさ」

できるわけがない。

自分がそうなのに。

「料理冷めるから、食べながら話そう。ここのは美味いんだ」

デートみたいなコースだと思った。

優しい誘いにタクシーに個室のイタメシ、いいワイン。

宮部がお坊ちゃんだから、これが当たり前なんだろうと思っていたが、告白のためのセッティングだったわけだ。

「久原のことは、入社した時から好きだったよ。背筋の伸びた、綺麗な横顔の男だなって思ってた。さっきも言ったけど、俺はデキる人間が好きだから、久原と友達になりたいなと思った」

フォークで刺した鳥肉を口に運びながら、彼が続ける。

俺はわざと会話ができにくいピザの方をほお張った。

伸びる熱いチーズが口を塞《ふさ》いでくれる。

「その時はそれだけだった。研修期間は、会話ができるほど時間にゆとりもなかったしね。そうこうしてる間に、自分は飛ばされて、お前とは離れ離れ。でも、一度偶然お前を見かけたんだ」

「俺を？　本社に来た時？」

連絡業務かなんかで、宮部が本社に顔を出したことはあった。

でもその時も、そんなに話はしなかったのに。

「見かけただけだった。話もしなかった。でも俺にはすぐに久原だとわかった。それから、お前のことばかり考えてる間に、本社へ呼び戻された。離れた時に想《おも》ってただけじゃなく、実際にお前に会ったら目が離せなくて……」

彼がワインのグラスを一気に空ける。

勢いをつけるみたいに。

「綺麗で、立派で、何一つ汚れてない。仕事も優秀で、あんな部下もよく使ってる。俺には、久原が理想のように見えた」

「……誤解だ。俺はどこにでもいるような人間さ」

「かもしれない。そうであって欲しい。あんまり綺麗だと、恋人にはできないから」

「宮部」

「ああ、『恋人』は気が早いよな。でもいつかはそうなりたい。俺は隠さないよ」

最後のところが、まるでお前は隠してるけど、と言われているような気がしてドキリとする。

「俺がゲイだって告白したのも、久原が好きだと言ったのも、今なんだから、すぐに恋人になろうとは言わない。ただ、そういうことを前提に、俺と付き合ってくれないかなって話だ」

「そういうことって……」

「恋人」

空になったグラスに彼がワインを注ぎ足してまた口を付ける。

食べるより飲む方に転じたようだ。

「最初はこうやって、食事に行ったり、映画を観《み》たり、ドライブに行ったりする程度でいい。普通の、同期の友人として。久原がその気になるまで、手は出さないと誓う。男と付き合ったこと、ないんだろう？」

「ないよ」

船戸とは『付き合い』ではない。

「よかった。だったら、そんなふうに付き合うのは俺が初めてってことだ。あ、ごめん。まだ付き合うとは言ってないな。……どうも急ぎ過ぎちゃって」

「俺は……、あまり友人もいないし、遊びに行くこともない。付き合ったってつまらないと思うよ」

「そんなことないさ。相手が久原なら、俺は楽しい。それに、したことがないなら、俺が教えてあげる楽しみがある」

「……宮部をそんな目で見たことがない」

「これから見てくれればいい。付き合ってみて、そういう対象と思えないと思ったら、そう言ってくれ。ちゃんと諦める。でも、試さないで逃げるのは寂しいな」

宮部と付き合う……。

今まで、したことのなかった、『遊び』をする。

それは宮部としたかったことじゃない。船戸としたかったことだ。

でも、船戸とはそういう付き合いをすることはないだろう。学生時代には一緒に出掛けたりもしたが、最近は全く個人的な誘いなどなくなってしまったのだから。

「久原？」

「あ、悪い。……考えてた」

「それで？　考えた答えは？」

「……もう少し、考えさせてくれ。俺はそんなに器用な人間じゃないから、すぐには答えが出せない。宮部が本気なら、ちゃんと考えてから答えたいんだ」

男を好きになる辛さも、それが叶わない辛さも知っているから、簡単に拒絶することなどできなかった。

宮部は軽く言ってるが、彼は決して遊び人というわけではないと思う。

それなら、この告白にだって勇気がいっただろう。

「わかった。待つよ。ちゃんと考えるっていうところが久原らしいし。でも、俺が本気で久原と恋愛したいって思ってることをなかったことにはしないでくれよ？」

「わかってる。それだけはしない」

「じゃ、今日は友人として飲もう。ここのデザートのゴルゴンゾーラハニーピザ、美味《おい》しいんだ」

宮部が笑ってくれたから、少しほっとした。

「まだ食事も終わってないのに、気が早い」

男が男を好きになる。

昨今では確かに珍しいことではないだろうけれど、自分がその対象になるなんて、考えたことがなかった。

自分は、船戸の背中を追うばかりで、自分に向けられる視線があるなんて気づきもしなかった。

「久原の好きな食べ物って何？　今度はお前に合わせるよ。付き合ってくれるだろ？」

「ワリカンなら」

「わかった。次はワリカンにする。で？」

「……和食かな。治部《じぶ》煮とか好きだな」

「渋いな。金沢の料理だろう？」

「取引先に金沢のお麩《ふ》屋《や》さんがいて、そこが出したレトルトのを食べたらすごく美味しかったんだ」

「へえ、じゃ俺も取り寄せてみようかな」

その後は、当たり障りのない話題に終始し、酔いが回る前にお開きにした。

「明日からも、普通に接してくれ。俺もそうするから」

乗る電車が違うからと駅で別れることになったが、別れ際、宮部はそう言ってまた笑った。

いいやつだ。

勇気のある人間だ。

俺には怖くてできなかったことができる。

ワインで少しぼーっとした頭で電車に乗り、真っすぐにマンションへ戻る。

もう一度、宮部の言ったことをそしゃくしながら、どんな答えを出すべきか、悩んだ。

宮部と付き合う……。

宮部なら、きっと優しくしてくれるだろう。

楽しいところにも連れて行ってくれるだろうし、会話を楽しむこともできるだろう。

俺が仕事ができるところが好きとは言ったが、仕事を手伝ってくれとか、仕事で戦おうとかは言わなかった。

仕事は仕事として、ちゃんと『俺』を見ていてくれる。

部屋に辿《たど》り着き、冷たい水を飲んで頭をスッキリさせてからも、俺はまだ考え続けていた。

自分が好きなのは船戸なのに、どうしてすぐに断ることができなかったのだろう。

宮部の勇気と潔さに敬意を表したということもあるだろう。けれど同時に、心のどこかで宮部とならば楽しい恋愛ができるかもしれないという逃げを感じたからだ。

追って、追って、追い続けても、船戸の愛は得られなかった。

これからもきっとそうだろう。

どこまで行っても、自分には告白する勇気も別れる勇気もないから、状況に変化はなく、苦しみは続く。

でも宮部が相手なら……。

俺はスーツのポケットから携帯電話を取り出した。

誰からも着信はない。

船戸からのものも。

彼から連絡が来るのは仕事の時ばかり。

現状維持じゃない。どんどん彼との距離は離れてゆく。

だとしたら、苦しみは続くだけではなく、もっと大きくなってゆくのだろう。

宮部のことを……、好きになれるだろうか？

船戸のように、彼に触れて欲しいと思うことができるだろうか？

船戸から逃げるために、宮部を利用する……？

それはできない。

自分に真剣に告白してきた宮部に対して、失礼過ぎるだろう。

もしも……。

もしも俺が宮部と付き合ったら、船戸は妬《や》いてくれるだろうか？　そうしたら、自分達の関係が、少しは変わるだろうか？

いい方にでも、悪い方にでもいい、この膠着《こうちゃく》状態から抜け出せれば、自分の気持ちももっとはっきりするかもしれない。

揺れる心を持て余し、二人の姿を想う。

だがそれはすぐに船戸の姿だけになった。

「……俺はばかだな」

背を向けて笑っている、愛しい男の姿に。


翌日、俺は出社するとすぐに宮部のところへ向かった。

「今、時間いいか？」

「もちろん」

彼はすぐに立ち上がりついてきた。

そのまま廊下の端へ呼び出し、周囲に誰もいないことを確認してから、向き直り、彼の目を見て正直な気持ちを口にした。

「一晩考えたけど、やっぱりすぐに宮部と恋愛することは考えられないと思う。でも好意を向けられたことは嬉しかった。だから、友人としてなら付き合ってもいい」

上から目線な言い方だっただろうか？

気分を害したりしないだろうか？

「友人？　それって、今まで通り？　それとも、恋愛前提？」

「……前提でいい」

「本当に？」

「宮部と、そんなに親しく付き合ったことがないから、もっと親しくなったら気持ちが変わるかもしれない。でも今はまだ……」

一晩ずっと考えて出した答えが、この曖昧《あいまい》なものだった。

今は、やはり船戸が好きだ。

でもこれから絶対に宮部を好きにならないかと問われればわからない。

宮部が、俺の苦しみを薄らげてくれるかもしれない。

自分の中でも揺れている心をそのまま言葉にしたら、これしかなかった。

結果がどうなるか俺にもわからないが、閉塞《へいそく》感のあるこの状況から動き出したい。宮部に対して真《しん》摯《し》に向き合いたい。

だから、一度ちゃんとした心構えで、彼と付き合ってみようと思ったのだ。

ただ、こんな答えで彼が納得するかどうか……。

「中途半端で嫌だというなら、この話はこれで終わりにしよう。今まで通り、友人として接する。宮部の言葉も、聞かなかったことにする」

「なかったことにはしないでくれって言っただろう？　可能性があるなら、俺はそれでもいいよ。久原の気持ちが変わるように努力する」

てっきり怒ると思っていたのに、宮部は嬉しそうに言った。

「……ありがとう、宮部」

「なんで久原が礼を言うんだ？　礼を言うのはこっちだろう？」

「いいや。こんな中途半端な答えを受け入れてくれて、ありがとう。宮部はちゃんと告白してくれたのに、はっきりできなくてごめん」

頭を下げると、宮部は少し驚いた顔をしてから微笑んだ。

「久原はもっとクールな人間だと思ってた。あまり人とかかわらないようにしてるところもあったし。きっと俺の知らない久原もいっぱいいるんだろうな。付き合って、これからそれを知るのが楽しみだ。だからやっぱり礼を言うのはこっちだよ。ありがとう、すぐに断らないでくれて」

胸が痛む。

彼は、俺の心の中に住む者がいることを知らない。

俺が他の男に喜んで身体を差し出していることも知らないのだ。

「それじゃ、早速だけど、明日一緒にメシに行かないか？　昨日帰ってから加賀《かが》料理の店、探したん

だ。もちろん、ワリカンで」

明るく言う彼に、俺は頷いた。

「いいよ。ただし、平日だから酒はナシだ」

「OK。それじゃ、店に予約を入れておくよ」

どんな態度を取られるかと思っていたのに、宮部は明るく言って先に席に戻って行った。

心はまだ宮部に向いてはいないが、これから彼に向き合っていこう。

彼のことは、船戸のことを整理するいいきっかけになるかもしれない。

船戸の背中しか見ていなかった自分に、別の道が見つけられるかもしれない。

一先《ひとま》ず肩の荷が下りて安堵し、給湯室に向かい、コーヒーメーカーでコーヒーを淹れていると、伊藤がやってきた。

「あれ？　久原さんコーヒー淹れるんですか？　カフェ行けばいいのに」

「仕事の電話がかかってくるから、席をはずせないんだ。伊藤こそ、今日は出掛けないんだろう？

カフェでゆっくりやってきてもいいぞ」

「あ、俺出掛けるんです」

「出るのか？　どこへ？」

「新規の取り扱いの店をチェックしに」

「聞いてないぞ。出る時にはちゃんと報告しろと言ってあるだろう」

じろりと睨むと、彼は『いけね』という顔をした。

「はい。えーっと、市川《いちかわ》のプリン専門店に行きます。花プリンって言って、プリンの入れ物が花の形なんです。知り合いがたまたま見つけて教えてくれたんで、口説きに行ってこようかと」

「また食べ物か」

「食べ物が一番売れますよ。お取り寄せスイーツは通販の目玉です」

「まあそうかもな。携帯で連絡が取れるようにしておくんだぞ。それと、勝手に安請け合いしてこないこと」

「はーい」

「返事は短く」

「はい」

伊藤はおどけた様子で敬礼した。

「コーヒー、俺が淹れて持ってきますよ」

「いいよ。もうできる。俺がお前の分を持って行くから、そのプリンの話をもっとちゃんと説明してくれ」

「久原さんが淹れてくれるんですか？　上司なのに？」

「コーヒー淹れるのに上司も何もないだろう。ほら、行け」

「はーい。……じゃない、はい！」

学生気分が抜けないと怒る者もいるだろうが、やはりこの明るさは嫌いじゃない。

伊藤を席に返してから、コーヒーを淹れ、カップを持って席に戻る。

ちらりと見た宮部は、もう仕事の電話を受けていた。

「で？　プリンはどういう品物なんだ？」

カップを渡して席に着き、隣の伊藤に向き直る。

「あ、写メあります」

今日もまた、忙しい一日になりそうだった。


宮部には、自分の体質のことは話さなかった。

だから、自分はお化け屋敷とか怖いものが苦手なので、人のいない場所や古い建物が苦手なのだという説明をした。

子供の頃から、暗いところが苦手だとか。

彼は意外だと言って笑い、それならそういう場所は避けようと言ってくれた。

「映画館は暗いけど、大丈夫か？」

「多分。できれば都心の方がいいな」

「シネコンならいいだろう。新しいのがいっぱいできてるし。ホントは単館ものとかが好きなんだけど、久原に合わせるよ。いっそ遊園地とか行くか？」

「男二人で遊園地は……」

「今時は結構多いよ。彼女と行くより自由だっていうんで、そういう関係じゃなくても。ほら、女の子だって、彼氏と飲みに行くんじゃなく、女子会とかするだろう？」

昼食はそれぞれ仕事の都合があるので別だったが、彼は一日おきぐらいに俺を夕飯に誘った。

どうせ一人暮らしなら一緒に食べようと言って。

残業もあるので断ることもあったが、彼は気にしなかった。

誘ってくれる店も、最初こそデートコースだったが、それ以降は庶民的な店ばかり。

でもその方がこちらも気を遣わなくていい。

飲みに行こうとも言われたが、酒は得手ではないからと遠回しに断った。

意識し過ぎだと思うが、下心のある人間の前で酔うのは抵抗があったので。

宮部は、そのことに対しても何も言わなかった。

会社の帰り、向かい合って夕飯を食べる。

その席で、彼は色々と自分のことを話し、俺にも質問をしてきた。

「久原はどこの出身？」

今日は蕎麦屋《そばや》だった。

「東京だ」

この前は定食屋だった。

「でも一人暮らしなんだろう？」

その前は、俺が見つけた和食の店だ。

誰かと一緒に行くために、安くて近くて美味い店を探すのは楽しかった。

「親の世話にばかりなっていられないからね」

「自立してるな」

「宮部だって、上京してるんだから一人暮らしだろう？」

「まあね。お陰で生活が厳しい」

「そんなに？　給料は一緒だろう？」

「俺は車持ってるから、維持費とか税金とか保険とか、色々雑費がね」

「そんなもんなんだ。俺はペーパーだからな」

「免許はあるんだ？」

「就職に有利だと思って取るだけ取った」

違う。

何かで使うかもしれないから取れよと、大学の時に船戸に言われたからだ。

結局車での移動は彼のものにしか乗らないので必要はなかったが、就職の時にプラスにはなった。

「遠出とかしないのか？」

「旅行とかはあまりしたことがないな」

「お化け怖いんだっけ？　ホテルで幽霊見るのが怖いとか？　よく心霊特集でホテルの部屋にお札が貼ってあったなんて話があるものな」

図星をさされて一瞬苦笑いをする。

まさにその通りだ。

特に成田空港の近くのホテルでは、酷《ひど》い目にあった。

出ると有名なところだったと後で知ったのだが、一部屋に三人も立っていて、すぐに船戸に連れ出してもらった。

出先で宿泊にラブホテルを使うのは、ダメだと思った時にすぐに出ていけるようにという船戸の配慮もあってのことだ。

「……枕が変わると寝られないいんだ」

「出張の時とかどうしてるんだ？　枕持ってく？」

「そんなことしないよ。普通に行く。でも今は、伊藤が代わりに行ってくれる。というか、行かせて欲しいと言ってくるから替わってやってる」

「伊藤のこと、気に入ってるんだな。少し妬けるよ」

「伊藤は弟みたいだから」

「本当の弟がいるの？　それとも一人っ子？」

「妹がいる。もう随分会ってないけど」

妹とは歳《とし》が随分離れていたせいもあって、やはりこの体質の話はしていない。女の子だから、怖がらせては可哀想《かわいそう》だと思って。

彼女がこの体質ではなくてよかったと心から思う。

女の子でこんな体質だったら、苦労どころではなかっただろう。

「どうして家に戻らないんだ？」

「何となく、かな。実家に全然戻ってないわけじゃないけど、妹は今アメリカに留学中だから」

「へぇ……、凄い。何してるの？」

「グラフィックデザインとか何とか……。俺と違ってアクディヴなやつだよ。半年に一回くらいメールが来る」

「アーティストだね」

「宮部は？」

「俺は歳の離れた兄貴が三人。末っ子で、可愛がられてた。でもそうだな、やっぱり東京出ちゃうとあんまり実家には帰らないな」

「旧家のボンボンって噂があるよ」

「否定はしない。でも大したことないよ」

会社では、変な噂になっては困るだろうから、あまり親密にせず今まで通りでいようと言ったのは、宮部の方だった。

「恥じることはないと思うけど、会社員だし、世間体ってものがあるから」

彼は自分が同性愛者であることを高校の頃から自覚していたらしい。

「自覚したのが学生の頃だったからなぁ。からかわれるのが嫌で、最初は受け入れられなかったよ」

「宮部でも？」

「それはそうさ。女の子と付き合ったりね」

「恋人がいたの？」

「ガールフレンドだよ。自分だって女の子と付き合えるって、最初はごまかしてた。でもやっぱり男が好きで、大学の時には男と付き合ってた」

「……そうなんだ」

「驚いた？」

「少し。あんまりあけすけに話すから」

「久原には知っていて欲しいと思ったんだ。『いつか』の時のために」

いつか、というのは俺が恋人になった時、ということだろうか？

「久原は？　彼女とかいた？」

「……これと言って決まった相手はいなかったな。そういうのに興味がないのかも」

「へえ……」

ずっと、会社から真っすぐ家に帰るだけの生活だった。

後はひたすら船戸からの連絡を待つ。

一人で出掛けてあれに遭遇するのが嫌だったから。

夕飯も、いつも一人で食べていた。

話す相手もおらず、黙々と箸《はし》を動かすだけだった。

人と向かい合って、会話をしながら食事を摂るというのが楽しいものだというのを久々に思い出した。

船戸とする食事とは違っていた。

それは普通の友人と過ごす穏やかな時間だった。

「あ、いけね。落とした」

話をしている最中、ガチャンと何かが落ちる音がする。

「何？」

「ポケットのもの出そうとして、キーケースをね」

そう言って彼が拾い上げたキーケースはブランド物で、五本もカギが付いていた。

「随分沢山カギがついてるんだな」

「まあ車とか、実家のとか、色々あるから」

キーケースをポケットに戻した宮部が、包装された箱を差し出す。

ポケットから取り出そうとしたのはこれだったらしい。

「プレゼントなんだけど、もらってくれる？」

「プレゼント？」

「高価なものだと受け取らないと思ったから、そんなにいいものじゃないんだけど、眼鏡ケース」

「眼鏡ケース？」

「伊達だっていうから、外すこともあるだろうと思って」

「でもこんなプレゼントをもらう理由が……」

「そう言うと思った。でも俺が贈りたいから贈るんだ。俺が贈ったものを久原に使って欲しい」

「……ありがとう」

ぬるま湯に浸《つ》けられているように与えられる優しさ。

それをもっと喜ぶべきなのか。

もっと楽しむべきなのか。

何か返すべきなのか。

まだ自分の心が決まっていないのに応えるのは、期待を持たせることになるからやめた方がいいのか。

何か返してあげることが礼儀なのか。

「いつかは遠出もしたいな。いつか、でいいから考えておいて。ドライブもいいだろ？」

「車は苦手なんだ」

「じゃ、まずは週末にゆっくり飲む、でいこう。車に酔うなら、酔わない車を用意するよ」

初めての経験に戸惑いながら、俺は宮部との付き合いを進めていた。


船戸からの連絡がないまま、宮部との夕食を楽しむ日々が続いたある日、会社から出てきたところに、見慣れた車が停まっているのに目を留めた。

船戸の車だ。

メールに気づかなかったのだろうか？

緊急の仕事でも入ったのか？

俺は車に駆け寄り、窓をノックした。

「よう」

開けた窓から船戸が顔を覗かせる。

「連絡してくれたのか？　気づかなかった」

「いや、たまたま通りがかっただけだ。そしたら丁度お前の会社の連中がバラバラ出てくるから、お前も出て来るかなと思って」

胸の奥が、ジンと熱くなる。

会いたかった。

彼の顔を見たらその想いがこんなにも強かったのかと気づかされる。

ただ顔を見ているだけでも、こんなに嬉しいのだと。

「メールくれればよかったのに」

「ホントに通りがかっただけだから、会えると思ってなかったし」

その言葉が、『会うつもりはなかった』というように聞こえる。

「でもせっかく会ったんだから、メシでも食うか？」

久々の彼からの誘い。

けれど俺は首を振った。

「今日はダメた。友達と約束がある」

「お前の友達？」

俺に『友達』と呼べる人間がいないことを知っているから、彼は意外そうな顔をした。

「会社の同僚だ」

「ああ」

やっぱりその程度かという表情に、ムッとしてつい口が滑った。

「ただの同僚じゃなく、友人だ」

宮部のことは、彼に話すつもりはなかったのに。

心のどこかで期待していたのかもしれない。

自分に、船戸以外に親しくしている人間が現れたら、彼はどんな顔をするだろう、と。もしかしたら妬いてくれるのではないか、と。

たとえそれが友情としてのものだとしても、彼が自分に対して独占欲を示してくれないかと。

だが船戸は嬉しそうに笑っただけだった。

「お前が友人ができたなんて、めでたいな」

さっき熱くなった心の奥が、急速に冷えてゆく。

「お前ももういいオトナなんだから、色々ダチは作っといた方がいいぜ」

ああ、彼にとってやっぱり自分は特別ではないのだ。

友人としても、執着する価値のない人間だったのだ。

「珍しく誘ってやろうと思ったが、今日はやめとこう。ダチを大切にな」

「船戸……！」

あっさり窓を閉めようとするから、その名を呼んで引き留めてしまう。

「何だ？」

「……以前、お前と飲みに行った店があっただろう。駅向こうの焼き鳥屋」

「ああ。あそこ、ウマイぜ」

「あそこに行くから、一緒に行かないか？」

「飲み屋だろ。俺、車だぜ」

「どこかに停めてくればいいさ。後で合流すれば」

「俺がお前のダチと顔合わせしてもなぁ。カテゴリーが違う感じがすんだよな」

それは俺とも違う、と言っていることだ。

そして、俺が誰と付き合おうとも興味がないということだ。

「まあ気が向いたらな」

「……そうか。今度は近くに来たら先にメールしてくれよ」

「ああ。次があったらな」

窓が閉まる。

薄いガラスが俺と船戸を隔てる。

仕事ではないのに誘ってくれた。

少ないチャンスを逃してしまった。

だが宮部とは先に約束していたのだ。今更断るわけにはいかないだろう。

残念だって、言って欲しかった。

俺を優先しろよって言って欲しかった。

もしそう言ってくれたら、船戸はワガママだなって笑って、宮部に断りの電話を入れたのに。

船戸の車が走り去っても、テールランプを見送って、俺はその場に立ち尽くしていた。

もしかしたら、後で焼き鳥屋に来てくれるかもしれない。そうだ、その可能性だってある。

あいつはあの店が気に入っていたし、酒の好きな男だから。

「久原」

ポン、と肩を叩かれて振り向くと、そこに宮部が立っていた。

「先に出たのに、どうした？　ひょっとして、待っててくれた？」

待ち合わせは駅前だった。しかも改札からちょっと離れた場所だ。

会社の前では人目につくから、別々に行動することにしていた。

「いや、ちょっと知り合いがいたんだ」

「せっかくだから、もう一緒に行こうか？」

「人に見られるのは嫌なんじゃないのか？」

「一回ぐらい、別にいいさ。しょっちゅうだと色々言われるかなってだけだから」

宮部は優しい。

俺の言動を受け入れようとしてくれている。

「今日、駅向こうの焼き鳥屋に行かないか？」

「焼き鳥？　いいけど、今日は洋食屋に行くんじゃなかったっけ？」

「ちょっと……、飲みたい気分なんだ」

俺のワガママも笑ってきいてくれる。

「いいね。最初の時以来、ずっとお酒は苦手って断られ続けてたけど、実はちょっと酔った久原を見てみたいと思ってたんだ」

その店に行くのは、宮部のためではない。

自分のため。

船戸を待ちたいという俺の欲のため。

「雑多な店だけど、味はいいんだ」

「焼き鳥屋なら、二人きりでも、勘ぐられることがないから、いいんじゃないか？　行こう」

「ああ」

俺は、狡《ずる》い。

宮部と肩を並べて歩きだすのに、心は船戸を追っている。

船戸に誘われたのに、宮部を当て馬にして断ってしまった。

どっちつかずで、誰にもはっきりした態度がとれない。

駅へ向かう人の群れの中を歩き、ガードを越えて反対側へ出る。

サラリーマン相手の飲み屋が並ぶ細い道をちょっと折れたところにある、小さな店は、俺が今の会社に入社してすぐに船戸に誘われた店だった。

前々からここが行き着けだったんだと言って。

この店に来たら、お前と偶然会うこともあるかもな、と言われたが、駅を挟んで会社とは反対側だったから、結局その偶然はなかった。

呼び出されて一緒に飲んだのも、最後はもう二年くらい前の話だ。

「久原、カウンターでいいよな？」

もしかしたら、船戸が来るかもしれないから、テーブル席の方がいいのだが、来ないかもしれないからそれを言い出せない。

「ああ、別に」

「じゃ、カウンター、二人で」

宮部と二人で並んで座ると肩が触れる。

「いいね。こういう狭い店だと密着できる」

笑いながら宮部が言ったセリフは、かつて俺が思ったことだった。

この店では、二人の距離が近かった。

「オスス メ何？」

「俺はねぎまとつくねが好きだけど。……友達は皮が好きだって言ってた。ここのはパリパリで他と違うって」

牙《きば》を剝くように、焼き鳥にかじりついていた船戸の横顔を思い出す。

「じゃ、つくねとムネにしようかな」

何をしてもみんな、自分の記憶はあの男に繋がってしまう。

「新しく取り扱った花プリン、結構評判いいみたいだな」

「お前の苦手な伊藤が探してきたんだ」

「……似合わないな」

「嗅覚《きゅうかく》はあるみたいだ」

「もしくは、誰か参謀がいるのかも。彼女とか」

「ああ、なるほど。それは考えたことがなかった」

「自分の部下なのに、彼女がいるかどうかを知らないのか？」

珍しく、少し咎《とが》めるような口調で彼が言った。

「久原は、あまり他人に興味がないんだな」

「そういうわけじゃ……」

「でも、俺のことは興味を持ってくれてるみたいだから、まあよしとするよ」

すぐにいつもの笑顔を見せてはくれたが、宮部のその一言は胸に刺さった。

船戸以外目に入らない、いや、入れようとしてこなかった自分を咎められた気がして。

「そういえば、飯島《いいじま》さんが寿退社するって噂があるの、知ってるか？」

「いや」

「相手、取引先の担当らしいよ。これも職場結婚かね」

焼き鳥を食べながらビールを飲み、いつもより長い時間話をして店に居座っていた。

宮部が、やっと打ち解けてきたかと喜んでいるのが胸に痛い。

が、酔うほどに飲んでも、船戸が姿を現すことはなかった。

行けない、というメールすらなかった……。


船戸が今のマンションに引っ越した時、彼は一番に俺を呼んだのだと言ってくれた。

「変なのがいたら困るからな。お前に見てもらうのが一番いいだろ」

理由はそんなものだが、彼の家に一番最初に足を踏み入れるのが自分であることが、嬉しくて仕方がなかった。

「どうだ？　いるか？」

「いや、何もいない。っていうか、新築物件だろう？」

「新築だって、もとの土地がどうだったかわからねぇじゃねえか。土地は動かないが、人は入れ替わる。大名屋敷がビルになったり、畑が住宅になったり。誰もそこがどんなところだったのか、なんてわからねぇのさ」

「調べればわかるだろう？」

「テレビのニュースを見てみろよ。殺した人間を庭に埋めて、その上でガーデニングするヤツだっているんだぜ」

「それはそうだが……」

「それに、地名だって、土地を現す言葉が消されてイメージだけの新しい名前が付く。『池』とか『沼』とか残しといてくれりゃ、水害に備えられるのに、なんとかタウンとか付けられちゃ警戒にもならない」

「知的な心配だな」

「学校の勉強は嫌いだったが、バカじゃないんだぜ」

「そんなこと、思ったことないよ」

船戸が頭の回転の速い男だということはよく知っている。

「まあ座れよ。美味いコーヒーを淹れてやる」

「船戸が？」

「マシンを買ったのさ」

座ったソファも新品だった。

彼の仕事は、俺の助けがなくても順調だった。

人に使われるより一国一城の主と嘯《うそぶ》いていたが、あながち嘘ではなかったようだ。

もともと、彼は目端の利く、才覚のある男だった。

汚れ仕事や肉体労働も厭《いと》わず、懸命に働いて、従業員も雇い、社長という肩書に実が伴うようになっていた。

はっきりと訊いたことはなかったが、彼が会社をやったり、金に執着するのは、両親のせいではないかと思う。

母親は既に再婚し、父親も彼が家を出ると姿をくらましてしまった。

そんな、自分を捨てた両親に、自分は親がいなくてもこんなに立派にやってるぞ、と示したかったのではないかと思う。

金に執着とは言ったが、守銭奴なのではなく、金に困る暮らしはしたくない、だから財布に金を入れておきたいというふうだったから。

「ほら。コーヒー」

「ありがとう」

いい香りのするコーヒーは、それまでのアパートで出されていたインスタントとは違っていた。

「いきなり随分ジャンプアップしたな」

「何が？」

「生活」

「ああ。ちまちま貯《た》めてたのさ。お前の部屋よりいいだろう？」

「俺のところは半1DKだからな」

「半？」

「不動産屋では、2DKと言われたが、広いワンルームが仕切れるってだけだ」

「確かに、玄関入るとベッドが丸見えだもんな」

「ソファもある」

「女連れ込むには楽だろ？」

その言葉に肩を竦めた。

「俺は彼女は作らないよ」

「どうして？」

「この体質を理解してくれる女性がいるとは思えない」

「女は幽霊が大嫌いだからなぁ」

せっかくの美味しいコーヒーなのに、彼はタバコを取り出して咥えた。

「新しい部屋なのに。ヤニ臭くなるぞ」

「俺の部屋だ」

「肺ガンになる」

「別にいいさ。肺ガンになって死んだら、お前が俺を見つけてくれるんだろ？」

「縁起でもないことを言うな」

「安心だって言ってんのさ」

船戸は煙を吐き出しながら笑った。

視線が煙を追うから、俺が見られるのはその横顔だ。

でも、彼の横顔を見るのは好きだった。

直線で描かれた絵のように、シャープで、野性的で。

「死んで、幽霊になってそこにいるのに、誰にも見つけてもらえないんじゃ寂しいだろう。一人でいる孤独より、大勢の中の孤独の方が辛いって言うしな。でもお前が見つけてくれるなら、俺は一人にならないで済む」

それは、家族を失った船戸の本音だったのかもしれない。

「お前が死んでも、俺は見つけてやれないから、見つけて欲しかったら合図しろよ？　髪が長いと霊感が出るとか聞いたが、全然そんな感じじゃないしな」

「ひょっとして、髪を伸ばしてるのはそのせいか？」

「まさか。切りに行くのが面倒だっただけさ。霊感云々《うんぬん》ってのは腰ぐらいまで伸ばさなきゃいけねぇんだろ？　俺のは肩に付く程度だ。言ってみただけさ」

彼はまたタバコを吸って、天井に向かって煙を吐き出した。

「死んでお前の中に入るのも面白いだろうな」

「何言ってるんだ。お前みたいな男、殺したって死なないだろう」

あんまり『死ぬ』『死ぬ』言うから、思わず彼の手を握る。

けれど彼はさりげなくではあったが、俺の手を振りほどいた。

胸が痛い。

肋骨《ろっこつ》が軋《きし》むほどに。

「お前が言い出したんだろ。肺ガンで死ぬって」

「死ぬとは言ってない。肺ガンになるって言っただけだ。ちゃんと検診に行けよ？」

「そのうちな。腹減っただろう。出前でも取るか？　引っ越し蕎麦と言いたいが、蕎麦じゃ腹も膨れねぇしな」

立ち上がられると、避けられた気がして少し寂しかった。

「ピザどうだ？」

「メシぐらい作ってやろうか？」

「手料理ってのはありがたいが、まだ調理器具のダンボール開けてねぇんだよ」

「じゃ、ピザにして、届くまでに片付けを手伝ってやるよ」

「いいよ。面倒くさい」

俺の申し出はみんな断られる。

でも、帰れとは言われない。

船戸は自分をどう思っているのだろう？

「やっぱりピザやめて、外に食いに行こうぜ。特別に高い焼き肉おごってやる」

「新入社員にはありがたい言葉だ」

特別、という言葉に安堵し、まだ自分が彼に必要とされていると胸を撫《な》で下ろす。

自分が一番船戸に近い存在でいたい。

自分には船戸しかいないように、彼にも自分しかいないと思ってもらいたい。

便利だからではなく、恋人として……。


船戸の夢を見るのは、いいことなのか、悪いことなのか。

どちらとも言えないが、目が覚めると辛いと思ってしまうのは確かだ。

「あの部屋も、もう随分行ってないな……」

いつもより早い時間に目が覚めて、まだ薄暗い部屋の中、ベッドから起き上がる。

明かりを点けようかと思ったが、夢の余韻を味わうように、薄明るい窓からの光だけにしておくことにした。

彼があの部屋へ引っ越したばかりの時、彼は俺のためのカップを買っておいてくれた。

最新型のコーヒーマシンは、カップのコーヒー豆をセットするタイプだったのだが、濃いめが好きな彼の部屋には、薄いのが好きな俺専用のものが置かれていた。

だが今はもうそんなものもないだろう。

ここ一年ぐらい、俺と船戸は仕事の時以外会うことはなく、従って顔を合わせるのは外ばかりだったから。

「コーヒーか……」

ふっと思い出してキッチンへ向かう。

コーヒーはよく飲むが、こだわりがあるわけではないから、自分用はインスタント。でも、船戸が来た時用に紙パックのドリップコーヒーの買いおきがあった。

それを棚から取り出して賞味期限を見ると、三カ月前に切れている。

それだけ彼がここに来ていないということだ。

飲まない紙パックのコーヒーをゴミ箱に捨てて、インスタントのコーヒーを淹れる。

テレビとベッドの間に置かれたソファに座り、その苦みを味わっていると、ため息が零れた。

あれから、宮部との付き合いはずっと続いていた。

最初は人目を避けて、会社の帰りに食事をする程度だったのだが、今では会社でもよく声をかけてくるようになった。

伊藤のことをあまり気に入っていないようだったが、彼の席が俺の隣であることと、俺が伊藤を気に入っていることもあって、伊藤とも親しくなってきた。

それが俺のためだ、と口にして。

二人だけが親しくしていると、悪目立ちするかもしれないが、三人ならば気にされないだろう。

俺が伊藤を気に入ってるのに、自分が避けていては久原も気分が悪いだろう。

だから、愛想よくしてやる、と言って。

今では時折三人で昼食を摂ることもある。

その代わり、夕飯を一緒に摂ることは減った。

俺が、外食続きは身体に悪いと言い出したから。

だが飲みに行くようにはなったし、休日に一緒に出掛けることもあった。

遠出はしないけれど、買い物に行ったり、公園や、約束通り映画も観に行った。

仕事の話をしたり、食べ物やファッションの話をしたり。

今までしてこなかった、普通の遊びだ。

宮部はずっと、優しかった。

一緒に過ごす時間も楽しかった。

無理強いはしないし、気が利くし。

恋愛に対しての答えを出さなくても、せっついたりしなかった。友人でいい、というスタンスで側にいてくれた。

それなのに……。

俺は船戸の夢見る。

彼と過ごした時間に捕らわれている。

船戸からの連絡はないのに。

いや、メールは何度かあった。

仕事の依頼だ。

都内だから、と言われたけれど、本当に会社の仕事が忙しかったので、断ってしまった。

彼の仕事を手伝うことを決めた時から、俺の会社の仕事に支障がないように、というのが約束だったので、特に文句は言われなかった。

何も言われないことが、寂しかったけれど。

タイミングが合わない。

気持ちはあるのに、噛み合わない。

ずっとそういう対象に見られていないのに、どうして俺はこんなにも船戸が好きなのだろう？

彼が一番最初に俺の秘密を知ったから？

彼が初めて自分に触れた男だから？

確かに、外見はかっこいいし、中身もいい男だ。憧れたこともある。でも船戸じゃなくてもいいいんじゃないだろうか？

見込みのない恋を追い続けることに、疲れてしまった。

船戸とは、友人でもいいじゃないか。

彼が好きなことを止めることはできないだろう。

でも、恋を諦めることはできるかもしれない。

船戸と友人として付き合って、宮部と新しい関係を築く方が楽かも……。

「楽、か……」

自分で考えて苦笑する。

楽だから選ぶのは恋じゃないだろう、と。

自分に真摯に付き合ってくれる宮部にも失礼だ。

宮部の気持ちに応えてあげたいという気持ちはある。けれどそれもまた、彼が好きだから『応えたい』ではなく『応えてあげたい』という希望だ。

自分の欲ではない。

「なるようになる、かな……？」

俺は立ち上がって部屋の明かりを点けた。

明るくなった部屋には誰の姿もない。

船戸も、宮部も。

自分は一人なのだと痛感した。

側にいたい人も、側にいたいと言ってくれる人もいるけれど、結局は心が決まらないうちは一人なのだ。

「さて、出掛ける支度をするか」

それを自分が選ぶなら、受け入れるしかない。

諦めるにしろ、受け入れるにしろ、追いかけるにしろ。

ちゃんと心が決まるまで……。


「久原。ちょっといいか？」

朝、出社すると、珍しく宮部が訊いてきた。

もう普通にオフィスで親しくすることはあっても、朝一番というのは珍しい。なので仕事の話かと思ってデスクに向かっていた足を止める。

「何かトラブルでも？」

「ああ、いや。仕事じゃないんだ。今週末、時間があるかなと思って」

「週末？」

また遊びの誘いかと思ったが、彼は声をひそめた。

「ちょっと頼みたいことがあるんで、付き合って欲しいんだけど……」

これもまた珍しい。

今まで彼が俺に頼み事をするなんて一度もなかったのに。

「遠出じゃなければいいけど」

「大丈夫、都内だから」

「それならまあ……。何？」

「ちょっとここでは……。でもお金の話じゃないから安心してくれ」

茶化すように彼は言った。

今まで、宮部には嫌なことなど一度もされていなかったし、無理にどうこうということもなかったので、さんざん世話になった恩返しができるならと、俺は首を縦に振った。

「いいよ。土曜？　日曜？」

「土曜で」

あからさまに安堵の顔を浮かべるから、余程の困り事だったのだろう。

「時間は？」

「後でメールするよ。俺、これから外回りだから」

「ああ、わかった。それじゃ、後で」

それだけ言うと、片手を上げ、すぐに彼は立ち去った。

オフィスを出て行く前に、入口のホワイトボードに『イチマサ』と書きなぐっていったので、本当に外回りのようだ。

別に疑っていたわけではないが……。

彼を見送って自分のデスクに座ると、こちらもまた珍しく早く出社していた伊藤が椅子《いす》ごと近づいてきた。

「最近宮部さんと親しいっすね」

「お前だってそうだろう？」

「俺のは申し訳程度じゃないですか」

「申し訳程度？」

「取り敢えず視界に入ってるから誘っとくってやつですよ」

驚いた。

気づいた素振りは見せなかったのに、案外察しがいい。

「でも何て言うんですか？　久原さんに近づく時は下心がありそうで」

「下心？　男同士だぞ？」

宮部が警戒していたことを思いだし否定すると、伊藤は目の前で手を振った。

「あ、違う、違う。そういうのじゃないです」

やはり宮部の心配は杞憂《きゆう》だな。こうして否定すればそっちに想像する人は少ないのだろう。

「だよな。男同士で社内恋愛はないな」

「え、そんなことないですよ。する人はするんじゃないですか？　俺はそれもＯＫですけど」

「……そうなのか？」

「俺が、っていうんじゃないですよ。マジならＯＫって意味です」

「『真面目ならいいと思います』だろ」

言葉遣いを注意すると、彼はぺろりと舌を出した。

「まあいいじゃないですか。俺と久原さんの仲ですし」

「どういう仲だ……」

「リーダーと部下？　俺的には兄弟？」

自分が彼を弟のようだと思っていたから、『兄弟』という言葉が出て、意外なほど嬉しかった。

「手のかかる弟だな」

「デキの悪い子ほどカワイイでしょ？」

「自分でデキが悪いとか言うんじゃない」

「ま、それはそれで。宮部さんのことですけど」

「そんなに宮部のことが気になるのか？」

「なりますよ。あの人、何かアヤシくて」

「どこか？」

「えー……っと、俺に近づいてくるとこ？　なんで俺のこと好きじゃないのに近づいてくるのかなって。変でしょ？」

それは俺がお前を可愛がっているからだろう。

「久原さんに近づくために俺もついでにってのはわかりますけど、避けてくれてもいいのに。何かそういうのって、いい人ぶってて嫌だと思いません？」

……伊藤を見る目が少し変わりそうだ。

そこまでわかってるのか。

というか、彼の目には宮部はそう見えるのか。

「別に下心はないだろう。俺と顧客の被《かぶ》りもないし。伊藤の花プリンは褒めてたぞ」

「うーん、仕事じゃないんですよね。何だろ？　恋愛でもないし、金でもないだろうし」

「伊藤は宮部が嫌いなのか？」

ズバリ訊くと、彼はちょっと首を傾《かし》げた。

「……かも」

「そうなのか？」

今日は驚かされてばかりだ。

「俺、態度がハッキリしてる人間のが好きなんですよね。久原さんとか、ちゃんと怒ってくれるでしょう？　何が悪いのかも言ってくれるし。だから好きです。でも宮部さんって、褒めたり認めてるようなこと言いながら、実は怒ってたって感じだから好きじゃないんです。兄貴なんか、ズバッと言ってくれるんで話しやすいんですけど」

「兄弟いたのか？」

伊藤を可愛がってると思っていたのに、本当に何にも知らないな。

「いい男ですよ。奥手ですけど。好きな人に好きって言えないタイプ。他のことは言いにくいことも口にするんですけどね」

「へえ……」

伊藤の兄さんか……。

きっと彼に似て、明るくて元気のいい人なんだろうな。

「宮部のこと、苦手なら、あまり近づくなと言ってやろうか？」

「いえ、言う時は自分で言います。何でなのかがわかれば仲良くなれるかもしれないですし。反対もあるけど。とにかく、久原さんも気を付けた方がいいですよ」

「忠告してるのか？」

「うーん……。そういうことにしときます。付き合うのは久原さんだから、俺が言うことじゃないですけどね。ただ久原さん、疎そうだからなぁ」

「う……、疎い？」

そんなこと言われたのは初めてだ。

「仕事はエリート全開ですけど、何ていうんですか？　人付き合い？　感情の機微？　そういうとこ鈍そう」

「伊藤」

そこまで言われてはさすがにムッとして彼を睨んだ。

「お前は場の雰囲気を読むことに疎そうだな。礼儀とかにも。もう少し落ち着きを持って、言葉遣いに気を付けろ」

怒られたとわかったのか、彼は慌てた様子で立ち上がると、「コーヒー淹れてきまーす」と逃げ去った。

「……まったく」

にしても、宮部の下心か。

彼が俺に対して抱く思慕はそう見えるのだろうか？

「伊藤に彼女がいるのかどうかも訊いてみればよかったな。もう少しあいつのことも知っておくべきなのかもしれないな」

伊藤が戻ってくるのを待たず、俺は自分のパソコンを立ち上げた。

週末、宮部に付き合うのなら、仕事を残さないようにしないと。

「久原さん。ミルクと砂糖はアリアリ？」

「大きな声を出すな！　ナシでいい」

「あ、伊藤。俺も頼む。アリアリで」

「俺も。ナシアリ」

「こっちも頼む」

フロア中から飛んだ声に伊藤は『うへえ』という顔をしながら奥へ引っ込んだ。

「調子に乗るからだ……」

その姿が、やはり憎めなくて笑ってしまった。

本当に、ああいう弟がいればよかったのに、と。


宮部の頼みというのは、引っ越した先輩の荷物の片付けということだった。

荷物を残して引っ越した先輩の部屋にある、いらないものを処分してほしいと頼まれたそうだ。車で迎えに行くからと言われ、待ち合わせたのはターミナル駅の外。

車は苦手だが、荷物を処分しなくてはならないのなら仕方がないだろう。事故現場なんかを通らないことを祈るのみだ。

待ち合わせをした場所にやってきた宮部の車は、あまり引っ越し向きとは思えなかった。

以前見かけた黒い国産車ではなく、シルバーの外車。

派手な車だ。

以前、金銭的に余裕がないと言っていたのは、車を二台持ってるせいなのかも。

乗り込んで向かったのは、彼が言っていた通り、都心に近い私鉄沿線の静かな住宅街。

大きな家が並ぶ中に建つ低層マンションの一室だった。

「宮部も大変だな。先輩って、大学の？」

引っ越しの手伝いだと思っていたので、ラフなジャケットにシャツとデニム。宮部も似たような格好だった。

「ああ」

「先輩は来ないのか？」

「『来られない』んだ」

出張？　いや、荷物を残しての突然の引っ越しならば転勤か？

何も考えずエレベーターで二階の一番隅の部屋へ向かう。

明るいグレーの扉の前で立ち止まった宮部は、キーケースを取り出し扉のカギを開けた。

その姿に、微かな違和感を覚える。

「どうぞ」

扉を押さえた彼に、先に入るように促され足を踏み入れる。

「……ん？」

部屋の中は閉め切った部屋特有の、埃《ほこり》の臭《にお》いがした。

玄関先に並べられた高そうな革靴。部屋の中に目を向けると、まるでまだ誰かが住んでいるのかと思うほどの荷物。

「靴のまま上がってもいいよ」

「でも……」

「いいんだ。荷物を全部出したら清掃業者を入れるつもりだから」

抵抗はあったが、言われた通り、靴のままで中に入る。

ソファ、テーブル、テレビにオーディオ。生活感が強い。

先輩という人はこの部屋から何を持って出て行ったのだろう？

いや、何も持たずに『逝った』のか。

黒い革張りのソファの向こう側、背の高い、目鼻立ちのはっきりとした男が立っている。

人のいる気配のないこの部屋に、生きている住人が生活しているとは思えない。もし彼が宮部の先輩ならば、宮部が挨拶しないのはおかしいし、不法侵入者なら騒ぎださないのもおかしい。

男の姿ははっきりと見えているのだから。

「宮部」

俺は視線を外し、一歩下がった。

背後に立っていた宮部に当たると、彼は俺の肩を押さえ込むように捕らえた。

「やっぱり、見えるのか？」

その言葉にハッと振り向く。

「河本《こうもと》さんが、いるんだな？　久原には見えるんだな？」

「宮部……？」

見つめた宮部の顔がすまなさそうに笑う。

「この部屋の住人、河本さんは、亡くなったんだ」

「……見えるって、どういう意味だ？」

違和感のある笑顔。

笑っているのではなく、笑った顔を貼り付けているように見える表情。

「そのままだよ。俺は知ってるんだ」

「知ってる……？」

「久原は幽霊が見えるんだろう？」

「……どうして！」

「以前、母の実家で曾祖父《そうそふ》が亡くなった時、家宝の掛け軸が見つからなくて随分な騒ぎになったんだ。俺も駆り出されたが、どうしても見つからなくて、ついに人を頼むことにした。その時にやってきた男の側に、お前がいた」

掛け軸を探す……。

そんな仕事をしたような気もする。

「眼鏡を外してたから、すぐには久原だとはわからなかった。でも、その男がお前のことを久原と呼んだので、もしかしてと思ってお前達の作業を覗いたんだ。そしたら、男がお前を『じいさん』と呼び、お前は曾祖父の口調で、掛け軸の場所を言い当てた」

「……そんなこと」

「久原には、幽霊の声が聞こえるんだろう？　もしかしたら、イタコみたいなことができるんじゃないか？」

本社から離れている時に俺のことを見かけたと言っていた。

あれは、本社に顔見せに来た時ではなく、俺の仕事中の姿を見たという意味だったのか。

「東京に戻っても暫くは信じられなかったが、眼鏡を外した顔を見せてくれただろう？　あの時、やっぱりあれはお前だったと確信したんだ」

下心。

伊藤の言葉が頭をよぎる。

まさか俺を利用するために……。

いや。あり得ないだろう。

もしそういう気持ちがあったとしても、それなら正直に言えばいいだけの話だ。わざわざ俺が好きだと言う必要などない。

女性相手ならば恋愛を引き出すことも考えられるが、俺は男で、同性愛者ではないのだ。少なくとも宮部はそう思っていたはずだ。

恋愛です、なんて言い出したら引かれるのはわかっていただろう。

「頼むよ、久原」

宮部は俺の肩を摑んだまま言った。

「河本さんに、どうしても渡してもらいたいものがあるんだ。キーホルダー型のＵＳＢメモリー。それがどうしても必要なんだ。お前なら探せるんだろう？」

「俺には……」

「金銭が必要なら、ちゃんと支払う。だから見つけてくれ」

『苦しむのはわかってたよ……』

声が聞こえる。

この人は……、強い。

「銀色の、トランプのカードの形なんだ」

『たっぷり楽しませてもらったから、何か残してやりたかったんだけどな』

目だけは合わせないように、視線を逸らす。

怖い。

「その人……、なんで亡くなったんだ？　殺されたりしたのか？」

「まさか。末期の癌《がん》で、自殺したんだ」

「ここで？」

「ああ。まあ、どこにあるって？」

「そんなの、わからないよ」

「わかるだろう？　あの時だって、すぐに言ったじゃないか」

「あれは……！」

認めてしまっていいものかどうか悩んだが、見られていたのなら今更シラを切っても仕方がない。

宮部が俺のことをどんなふうに思っているかわからないが、簡単にできないことは教えないと。

「あれは、お前のところのおじいさんが自然死だったからだ。穏やかに亡くなった方だったからできたんだ。この人は……、怖い」

「久原」

「帰してくれ。ここにいたくない」

「ダメだ」

「宮部」

逃げようとしたが、彼は俺を離さなかった。

「あれが必要なんだ。頼む」

必死な声に、俺はちらりと『あれ』のいる方を見た。

ソファの後ろに立っていた男はこちら側に出てきている。

『ナオ。まだ俺が忘れられないだろう？　忘れてないだろう？』

ナオ、と言うのは宮部のことだろう。確か彼の下の名前は直也《なおや》だから。幽霊の思考は宮部に向いている。それなら怖いけれど、何とかなるかもしれない。

今まで、宮部は俺に何かを要求することはなかった。

きっとそのＵＳＢメモリーは彼にとって大切なものなのだろう。

「できるかどうかはわからないが……、訊くだけなら……」

「ありがとう、久原」

「手を離してくれ」

「ああ、悪い」

肩を摑んでいた手は離れたが、彼はリビングの戸口の前に立ち位置を移動した。俺が逃げないように、立ち塞がってるみたいに。

「河本……さん……？　宮部のＵＳＢメモリーはどこにあるんです？」

『ナオ。お前と一緒に逝きたかった。でもお前には未来があるから、我慢したんだ』

「河本さん。ＵＳＢメモリーは？」

『メモリー……』

よかった。声が届いた。

「あれが欲しいんです」

『ダメだ。あれは誰にも渡さない。ナオが苦しむ』

「そのナオが、宮部が欲しいと言ってるんです」

『ナオが……』

「どうして久原がその呼び方を……。本当にそこに河本さんがいるのか？」

信じていなかったのか、宮部が驚いたように呟く。

「静かに。あまり騒ぐな」

それを手で制し、もう一度河本に呼びかけた。

「河本さん？」

『あれが欲しいのか、ナオ。心配で、心配で仕方がなかったんだな。俺を想ってここを残していたわけじゃなかったのか』

「残す？」

『忘れてもいいと言いながら、忘れて欲しくはなかった。あんなに相性のいい相手はお前だけだったから』

「相手……」

俺はこの部屋に入る時の違和感に気づいてハッとした。

ここが先輩の部屋ならば、どうしてこの部屋のカギが、宮部のキーケースに付いていたのだろう。

預かった他人の部屋のカギならば、個別に持ち歩くのではないだろうか？

『楽しませてもらったから……』

　ゆらり、と河本が近づいてきた。

　俺は慌てて距離を取ろうと下がったが、宮部の手が腕を摑む。

「離せ、宮部」

「何を聞いた。俺には聞こえなかった。だがお前は何か聞いたんだろう？」

「ここから出よう」

「だめだ。あれを見つけるまでは帰れない。今月一杯でここは引き払わなきゃならないんだ。その前にどうしても見つけないと。これ以上家賃を払い続けられないんだ」

　近づいてくる。

「離せ。俺は帰る」

「何故俺に触られるのを嫌がる？　彼から何を聞いた？」

「何も聞いてない。ただ楽しませてもらったと……」

　その一言で、宮部の顔色が変わった。

「クソッ、俺にも聞こえるんだと思ってたのに。どうして喋らないんだ。あの時は喋ってたじゃないか。何故俺には教えてくれないんだ」

「宮部」

　彼は興奮した様子で俺を睨んだ。

「俺の秘密を知ろうって言うのか？」

いつもの宮部じゃない。

秘密って何だ？

その秘密を恐れてるのか？

「お前の秘密なんて知らない。いいから離してくれ」

「嘘をつくな」

「嘘なんかつかない」

「いいや、お前は嘘つきだ。ずっと、ずっと、嘘をつき続けてる。俺に本当のことなんか一つも喋っていない」

「何を……」

宮部の口元に嫌な笑みが浮かんだ。

相手をばかにするような、蔑《さげす》むような笑みが。

「俺はな、お前を見かけた後、お前達をつけたんだ。久原があの男とラブホテルに入るのだって見た。なのにお前は男は恋愛対象じゃないとか、決まった相手はいなかったと言っただろう」

「それは……」

見られていた。

「聖人君子の顔をして、嘘ばかりだ」

「宮部」

言い訳ができない。

自分と船戸の関係を説明する言葉がない。

それを説明すれば、自分が彼に使われていることも、その一環として身体に触れられていることも説明しなくてはならなくなる。

それだけは、誰にも知られたくなかった。

「驚いたよ。完璧《かんぺき》なまでに善人ぶって。もっと正直に言ってくれれば、俺達はいい理解者になれたかもしれないのに」

「……俺を好きだというのは嘘だったんだな?」

「嘘じゃないさ。久原は好きだ。だが、愛してはいない。愛せるわけがない。真実の姿を見せてくれない人間を、どうして愛せるって言うんだ?」

『ナオ……』

河本が近づいてくる。

もう手を伸ばせば届く距離にいる。

「止《よ》せ……っ!」

河本の手が宮部を擦り抜けて、彼が摑んでいた俺の手に触れる。

「あぁぁ……っ!」

入ってくる。

河本が入ってくる。

「そんなに強く摑んでないだろう。それは芝居か？」

頭の中に異物が広がる。

「『ナオ』」

俺の唇が河本の言葉を紡ぐ。

「『愛してるよ。今も。お前の白い肌に痕《あと》を残せるのは俺だけだ』」

「久原？」

冷たい。

身体が冷たくなる。

「『道具はみんな処分しても、あれが残ってることが心配なんだな？　誰かの目に触れたらと思うと怖くて仕方がないんだな？』」

複雑な気持ちが油のようにとろりと広がる。

好きだけれど憎い。

優しくしたいが苦しめたい。

河本は、宮部を愛しているのだ。

合鍵を持っているということは、宮部はこの人と付き合っていたのだろう。つまり、二人は恋人同士だったのだ。

だがゲイだと告白したのに、何故それを知られることを恐れるのか？

「『俺を忘れられなくてここに来たんじゃない。自分の痴態が人目に触れるのが怖いんだ。お坊ちゃまとして正しい人間であろうと努力していたお前が、まさかマゾヒストだなんて知られたら……』」

「黙れ！」

宮部が俺の頬《ほお》を殴りつけた。

「それ以上言うな！」

反動で床へ倒れ込んだが、殴られた痛みが河本を追い出してくれた。

「自分のことは隠しておきながら、人の秘密は暴こうって言うのか！」

今しかない。

俺は凍えて動かない身体に力を込めて、宮部に体当たりした。

「うわっ……！」

立ち上がることができなかったので、俺の肩は彼の膝に当たり、宮部が仰向けに引っ繰り返る。

逃げなければ。

絶対に逃げ出さなくては。

身体は既に冷たい。

このままここにいたら、熱を求めてしまう。ここにいる生きた人間は宮部一人。

もし彼に触れられたら。

もしも、自分が『宮部でもいい』と思ってしまったら……。

「久原！」

それだけは嫌だ。

どんなに熱が欲しくても、身体が凍えて死んでしまうのだとしても、他の男に触れられてイキたくなんかない。

自分が、『誰でもいい』と思って快楽を求めているなどと思いたくない。

「久原！」

膝を強打されたからか、転んだ時にどこかを打付《ぶっ》けたのか、宮部の動きは鈍く、よろけながらでも俺は彼の手を逃れることができた。

靴を履いたまま上がったことも幸いした。

エレベーターは待てない。待っていては追いつかれる。

部屋は二階だったから、階段を駆け降りそのまま外へ飛び出す。

大通りに出て、手を挙げ、タクシーを停める。

「すぐ出してください。具合が悪いんで、早く帰りたいんです」

後部座席に倒れ込むと、気のいい運転手が声をかけた。

「病院へ行きますか？」

「いいえ、自宅に薬があるんで、とにかく早く出してください」

冷たい。

冷たい。

冷たさが寒さに変わる。

熱が欲しい。

唇を噛《か》み締め、指が食い込むほど自分で自分を抱き締め、倒れたまま耐える。

早く。

早く。

早く一人にしてくれ。早く家に戻してくれ。

悲しみも、悔しさも、何も考えられず、ただそれだけを祈り続けた。

早く一人に、と……。


タクシーで運ばれたのは十分か十五分か、そんなものだったろう。

待ち合わせのために一度都心に出たが、南北の直線距離ではそう離れていなかったらしい。

自分のマンションの前で停めてもらい、釣りはいらないからと五千円札を渡し、ふらふらと自分の部屋へ戻る。

カギが鍵穴に入らないほど手は震えていて、今にも膝をつきそうだった。

何とかドアを開けると、前のめりに玄関先に倒れて、震える手でデニムの前を開ける。

かじかむ指で自分のモノを摑んで引きだし、必死に擦《こす》る。

ペタリと正座を崩した形で座り込み、シャツの裾《すそ》から手を入れて自分で自分の胸を嬲る。

動かない指がもどかしくて、なかなかイケなかった。

船戸の熱い手なら、すぐに感じることができたのに。

快感はあった。

でも疼くばかりで終わりを迎えられず、必死に行為を続ける。

「う……」

ようやく射精することができた時には、嬲り続けていた胸に痛みすら感じていた。

玄関先に脱いで並べた靴の上に、自分が放った精液が飛んでいる。

手は汚れ、萎《な》えた自分の性器がだらしなくズボンの前から姿を見せている。

何て……。

何て浅ましくみっともない姿なのだろう。

いつもなら、船戸がいた。

彼が軽口を叩くから、この惨めさを感じなくて済んだ。

彼も一緒にイッていたから、自分だけが浅ましいのだと思わないで済んだ。

たとえ抱いてくれたわけではなくても、いつもは船戸との『二人の行為』だった。

でも今は違う。

自分だけが、部屋に入るのも待てずに自慰を続けたのだ。

「……っ、……う……っ」

情けなくて、涙が零れる。

あの時、船戸と出会わなければこの惨めさがあの日から今日まで続いていたのだ。それを一人で噛み締めなければならなかったのだ。

熱が戻って動くようになった足で立ち上がり、玄関のドアにカギをかける。

汚れた手を壁につくわけにはいかないから、そのままの格好で壁に何度か肩をぶつけながら洗面所へ行き手を洗う。

涙はぽろぽろと零れ、頬を伝った。

顔を上げずに服を脱ぎ捨て、バスルームに向かう。

顔を上げられないのは、洗面所の鏡に映る自分の顔を見たくなかったからだ。

バスルームに入ると、シャワーのコックを捻《ひね》って熱い湯を浴びた。

涙が、シャワーの滴と共に流れてゆく。

お湯の流れが、足を伝わり、指先に絡み、床を這《は》って排水口に流れてゆく。

宮部に……、知られた。

俺が幽霊を見えるとか、口寄せができるとか。

宮部が俺を好きだと言ったのは嘘だった。

誠意のある気持ちに応えたいと思った気持ちは無駄だった。

いいや、綺麗事だ。自分だって、船戸から逃れるために彼を利用していたのじゃないか。

宮部が自分の力を彼の望みを叶えるために利用したことを責められはしない。

お互い様だ。

彼を好きでもないのに、付き合おうとした。

彼が示してくれる優しさを、自分の慰めにした。

熱が欲しい。

そう思った時に宮部を求めることができなかった。それは彼をそういう対象としては見られなかったという証拠だ。

我慢の効かない十代の頃だったら、宮部でもよかったのかもしれない。

でももう行為は単なる欲望じゃなく、気持ちの伴うものだったから、他の人間ではだめだった。

あの時宮部が自分を襲ってきたからじゃない。ただ一人の男以外に求められたくないと思っていたからだ。

けれど、そのただ一人の人はここにはいない。

呼ぶこともできない。

呼んでも来てくれることはないだろう。

彼が自分に触れるのは、『必要がある』時だけで、『俺が望んだ時』ではないのだから。

どうして、こんな身体に生まれたのだろう。

何故こんな目にあわなければならないのだろう。

普通の人と同じように生きていけたなら、好きな人に好かれて、愛し合うこともできただろう。

いや、この身体だからこそ、船戸と今まで付き合えたのかもしれない。そうでなければ、俺と、彼との生活は交わることもなく、高校を卒業した時点で終わっていたに違いない。

呪《のろ》いながらも、感謝しなくてはならないというのか？

手が、欲しい。

船戸の手が欲しい。

彼が欲しい。

こんなにも、彼が欲しい。

「好き……なんだ」

声に出して呟く本当の気持ち。

「船戸が好きなんだ。愛してるんだ……」

音として、初めて耳に届く本音。

「お前でなけりゃダメなんだ……」

だが声はシャワーの水音に消え、それを聞く者は誰もいなかった。

正直な気持ちも、止まらない嗚咽《おえつ》も。

誰にも届かなかった……。

額に汗が滲む暑い午後。

抜けるような青い空。綿のように実体のありそうな白い雲。

アスファルトの灼《や》ける匂いと揺らめく陽炎《かげろう》の中、登校すると、熊田の事件で警察が学校へ来たとみんなが騒いでいた。

下敷きで、大きく開けたシャツの襟元を仰ぎながら、誰かが言っていた。

「自殺だったってよ。何か、三年にタカられてたらしいぜ」

その言葉を聞きながら、ぼんやりとああ、事実が知られたのかと思った。

自分が何もしなくても、ちゃんと警察は調べるものなんだな、と。

熊田の声を聞いたって、みんなの知らない事実を知ったって、できることなんかないのだ。しなくたってよかったのだ。

「久原」

突然、汗ばんだ腕を掴まれ、驚いて振り向くと船戸が顎でついてこいと示した。

あのことがあるから、素直に従うしかなく、腕を取られたまま、俺は彼について行った。

「何？」

廊下の端、皆の声が届かないところで向かい合う。

「本当だったな」

船戸は手を離し、窓辺によりかかった。

「本当？」

「お前の言ったことさ。いや、熊田の言ったことか？」

「え……？」

「公園の前にコンビニがあってよ、店員が熊田と大野のこと、見てたってよ」

「公園って……」

「泉の公園。言ってただろ、そこでカツアゲされてたって。だから行ってみたんだ。そしたら、店員がよく来てる学生がいたって教えてくれたよ。何を話してるかまではわからなかったが、身体の大きいのがひょろっとしてる方から何かもらってるみたいだったって」

「泉の公園に行ったのか？　本当に？」

「ああ」

「何故?」

「何故って、お前が言ったからに決まってんだろ」

俺が言ったって……。だってあんなこと、信じられるわけがないじゃないか。思い込みが激しくて、妄想を語ってると思うのが当然だ。

なのに、真に受けてわざわざ公園にまで行って、聞き込みまでしたというのか?

「警察に電話してよ、『ボク見たんです。三年の大野さんが熊田を……』って泣いたフリしながら説明したんだ。きっとコンビニの防犯カメラに映ってるはずですって。もし警察が聞いてくれないなら、マスコミに電話しますって言ったら慌ててたぜ」

冗談を話すように、彼は楽しそうに言った。

どうだ、俺がしたことは凄いだろうというように。

警察が調べをつけたのは、偶然ではなく、船戸が通報したからだったのか。

「何で……、信じたんだ? あんなこと、信じられなくて当然なのに」

俺が何もせずにいる間に、彼は自ら動いていたのか。

「信じてないって言っただろ。だが疑ってもいなかった。本当か嘘かわからないなら、調べるのが一番だと思っただけさ」

「でも……!」

俺が更に問いかけると、彼は笑いを消して、真面目な顔でバリバリと頭を掻いた。

「久原が真面目なやつだってわかってたからな。思いつきであんな嘘を言うとは思えなかった。あれが事実でもそうでなくても、何か理由があると思ったんだ」

「俺の……、言葉を真剣に受け止めてくれたのか……？」

「お前真剣だったろ？」

そうだ。

でもそうだからと言って、そのまま受け止めてくれる人間がいるなんて思わなかった。

聞き流すか、からかいのネタにされるだけだと思っていたのに。

口外しないと約束してくれても、気味が悪いと避けられると思っていたのに。

船戸はちゃんと耳を傾けて、ちゃんと調べてくれたのだ。

「おい、泣くなよ。俺がイジメてるみてぇじゃん」

「だって……、嬉しくて……」

手の甲で濡《ぬ》れた目を擦る。

嬉し涙が止まらない。

「お前のこと、信じてやるよ。だから困った時は俺を呼びな」

「船戸を？　呼んで迷惑じゃないのか？」

「いいさ。俺が何かしてやれるわけじゃねぇけどな。……いや、『手』は貸してやれるか」

彼はまた笑い、俺の頭を撫でた。

「今まで辛かっただろ」

自分が他人と違うと気づいた日から、いつかそのことが他人にバレるだろうということを想像していた。

その日はきっと来るだろうと。

何を言ってるのかと白い目でみられるかもしれない。信じてもらえないかもしれないし、信じてくれても怖がられるかもしれない。

面白がってからかわれたり、気味が悪いと噂され、離れてゆくかもしれない。

ついさっきまで心配していたようなことをいっぱい、いっぱい想像していた。

でも、この結末は考えたことがなかった。

考えても、現実から一番遠いことだから、考えるだけ虚《むな》しいと思っていた。

でも船戸は、俺の言葉を信じようとして、それを確かめて、自分を頼れと言ってくれるのだ。

「今度ケーバン交換しようぜ。もっと詳しい話も聞きたいから。そろそろホームルームが始まるから、教室戻るぞ。……その前に、お前便所行って顔洗って来い」

頭に置かれたままだった手が乱暴に回れ右をさせる。

「ほら、急げ」

「……うん」

嬉しかった。

心が震えるほどに嬉しかった。

夢のようなことだと思った。

その相手が、船戸だったことが嬉しかった……。


携帯の着信音で目が覚めたが、電話は出る前に切れてしまった。

シャワーから出ても泣き止まず、ソファに蹲ったまま寝てしまったようだ。

どうして船戸でなければだめなのか。何故彼が好きなのか、思い出した。

あの時、彼が自分にとって特別な存在になったからだ。

俺の体質を知っていること、じゃない。

黙っていてくれたこと、でもない。

荒唐無稽《こうとうむけい》な話でしかなかったことを受け入れて、ちゃんと向き合ってくれたからだ。事実として調べ、手を差し伸べてくれたからだ。

あの時は、俺の力を利用しようともしなかった。

純粋に心配をしてくれていた。

だから、後になって仕事を手伝えと言われた時にも、受け入れることができたのだ。

俺に触れることが面白いと言いながら、必要以上のことはしなかった。こちらから望むようになっても、俺が十分に熱を手に入れるとそこで終わり。

ついでだからとその先を望むこともなかった。

船戸は、誠実だった。

宮部なんかよりもずっと。

再び携帯が鳴ったので、俺は手を伸ばしてテーブルの上に置いてあった電話を手にした。

画面の表示は『船戸』とある。電話ではなく、メールだ。

着信の音が止むまでじっと画面を見つめたままでいて、静かになってからメールを開いた。

『切符を取る都合があるから返事は早めにくれ』

とだけある。

受信のボックスには表示があり、俺を起こした着信音も彼からのメールだったことに気づいて、それも開いて読む。

『遠出で悪いんだが、また仕事を頼みたい。週末だから泊まりでもいいだろ？　行けるかどうか返事をくれ』

仕事か……。

彼からの連絡は、もう『仕事』以外ないのだろうか？

仕事を受ければ、また彼に触れてもらえる。

彼の手を感じることができる。

もうそれだけでは満足できないのに？

悩みながら、俺は指で文字を綴《つづ》った。

『悪いが、もうお前の仕事は受けない。今回だけでなく、これからずっと。ごめん』

そして送信する。

言いたいことはいっぱいある。

言い訳もしたい。

けれど、文字にしようとすると、言葉がまとまらなくて、それだけしか打てなかった。

長く二人の間を繋いでいた『仕事』という名目がなくなっても、彼は俺との付き合いを続けてくれるだろうか？

利害関係だけで人と付き合うような人間ではないから、いきなりそっぽを向くようなことはしないだろう。

でも会う機会は今よりもっと減ってしまうだろうな。

会わないでいたら、忘れられるだろうか？

触れられなければ、求めることを止められるだろうか？

今はまだ、答えが出せない。

俺は携帯をテーブルに戻し、またため息をつく。

思い出したように頬が痛み、触れると少し熱くなっていた。

そうか……、宮部に殴られたままだった。シャワーを使ったりしたから、腫《は》れてきたのだろう。

かなり強い霊が一発で出て行ったのだから、結構強く殴られたに違いない。

相変わらず鏡を見る気にはなれなかったが、薬箱を出してきて、頬に軟膏を塗った。湿布の方かいいのだろうが、湿布の買いおきはなかったので。

手当が済むと、再びソファの上に横になる。

何もする気が起きない。

部屋に、水が満ちてゆく。

悲しい、という感情が水のように溜《た》まってゆく。

床を浸し、どんどんと溜まり続け、やがてソファごと俺を呑《の》み込む。

全てが沈んでゆく。

これからのことも今までのことも考えられない。

腫れた顔で会社に行けるのかとか、宮部と河本の関係とか、月曜になったら宮部が会社で何を言い出しているかとか、色々考えなければならないことはあるはずなのに、どうしようかと思ったところから先は、霧の中に迷い込む。

もうどうでもいい。

後でゆっくり考えればいい。

時間はたっぷりある。もう船戸からの連絡を待つ必要もなくなったのだし。
空っぽの頭が、悲しみに溺《おぼ》れてゆく。
身体中がそれで満ちて、溢れてゆく。
空虚な時間。
どれだけそうしていたのかわからないが、突然静寂の中に大きな音が響いた。
チャイムの音だ。
来訪者の予定はなかったので、起き上がらずにその音を聞いた。
だが、もう一度、更にもう一度。
そしてドアを叩く音がして、扉越しに声が響いた。
「久原。いるんだろ、開けろ」
船戸だ。
弾かれたように起き上がり、慌てて玄関へ向かう。
会っても辛いだけだとわかっているのに、彼に呼ばれると反応してしまう自分。
「お前な、あんなメールで……、その顔どうした？」
カギを開けるなり勢いよく扉が開き、姿を見せた船戸は驚いた顔をした。
「顔？　……ああ」
殴られた痕は、そんなに腫れてるのか。

「事故ったのか？」

「いや、殴られただけだ」

「誰に？」

「船戸には関係ないだろう」

「そういう言い方はないだろ」

「でも事実だ」

俺が言うと、彼は口をへの字に曲げた。

「ダチなんだから、心配して当然だ。まして、ケンカ事なんかしないお前が殴られたんだ」

船戸は後ろ手にドアを閉め、中へ入ろうとした。

「船戸」

押し止どめようとしたが、彼はきつい視線を向けた。

「あんなメール一つで終わりにすんなよ。きちんと話しに来た。この間まで問題なくやってたのに、何があった？　その顔に関係あることか？　だとしたら、関係ない怪我じゃねぇよな？」

彼は、そっと俺の背中に手を添えて、一緒にソファに腰を下ろした。

テーブルの上に出しっぱなしにしておいた薬箱にちらりと視線が走ったが、何も言わなかった。

「何故辞めると言い出したんだ。力が無くなったか？　会社の仕事が忙しくなったか？」

「俺がいないと、稼げない？」

仕事の話だから、わざわざ来たのかと訊くと、彼はその考えを一蹴《いっしゅう》した。

「バカいえ。お前との仕事だけでやってるわけじゃない」

それもそうか。

船戸の会社には他の従業員もいる。俺が彼を養ってるわけでもない。

「今までできたことができないと言い出すからには理由があるんだろう。それを聞きに来た。ちゃんとした答えなら、辞めるのも仕方がない。だが理由もわからず『はい、そうですか』とは言わねぇからな」

船戸はこういう男だった。

何もかも、ちゃんと納得するまで事実を知ろうとする。

そこが好きになったところだった。

「……嫌に、なったんだ」

ごまかすことはできないな。きっとすぐにバレてしまうだろうから。

「嫌？」

だから、正直に話した。

自分の気持ちのこと以外は。

「会社の人間に、お前のところの仕事をしていることを知られたんだ。前に行った家で、俺を見たらしい。その上、後をつけられて、俺がお前とラブホテルに入ったところも見たそうだ」

「会社にバラすと脅されたのか？」

俺は首を横に振った。

「そうは言われなかったな。これからそうされるかもしれないが」

「金を要求されたのか？」

「いいや。宮部は……、宮部という男だが、俺のことが好きだと言って近づいてきた」

「お前が好き？」

「付き合って欲しいと言われた。でもそれは俺にこの力があるから、利用したいという理由だったらしい」

「お前、そいつのことが好きだったのか？　付き合うと言ったのか？」

「言わないよ。でも、誠意を持って接してくれてると思ったから、友人としては付き合っていた」

「この間から言ってた友人ってのはそいつか……」

「今日、宮部に頼まれて彼の学生時代の先輩という人の部屋へ行った。そこで幽霊に触れた」

「その男のいる前で？　そいつと寝たのか？」

船戸の言葉に、俺は奥歯を嚙み締めた。

彼は、俺が熱を求めるためなら誰とでもああいうことをすると思っていたのか。

「するわけがない。ちゃんとここへ戻ってきた。一人で……、一人で終えた」

「あの時のお前は色気があるからな。そいつに襲われたんじゃないのか？　その顔はその時のもんじゃないのか？」

　船戸の手が、頬に触れる。

　もう落ち着いているのに、指先が触れただけでピリッとした感覚が走り、俺は手を払いのけた。

「痛いから触るな」

「ああ、悪い」

　痛みはあるのだろうが、感じていなかった。

　じんじんとした熱と痺《しび》れを感じるだけだ。

「殴ったのは宮部だが、襲われたのは彼が誤解したからだ」

「誤解？」

「捜し物があって、それを幽霊から聞き出して欲しかったようだが、それができなかった。でも彼は信じてくれず、何か彼の秘密を握ったと思ったようだ。俺が……、俺が、こういう体質であることや、男とラブホテルへ行くような生活を隠し続けていたから、また嘘をついてるんだろうと」

　嘘つき。

　そう言われた言葉がまた胸に刺さる。

「彼は、その幽霊と恋人だったらしい。探して欲しいと頼まれたのはUSBメモリーだったから、きっと恋愛時の写真かメールのやりとりでも入っていたんだろう。マゾヒストって言葉を聞いた気がするから、そういうものだったのかも。とにかく、それが彼の秘密で、俺がそれを知りながら彼に教えなかったと誤解して、殴ってきた」

幽霊は、それが人に知られるのが怖いんだろうと言っていたから、この考えは間違っていないだろう。俺には興味のないことだが。

「問題はそこじゃない。その部屋で、幽霊に入られて……、殴られたことで抜けてくれたが、家に戻って一人でした時に、もうこんな惨めなことはしたくないと思ったんだ」

「惨め？」

「誰もいない部屋で、欲情する対象があるわけでもないのに、ガタガタ寒さに震えながら自慰行為をすることが、惨め以外の何だって言うんだ！」

思わず声を荒らげる。

「……だから、もう辞めることにしたんだ。不可抗力の時は仕方がない。でも、自分から望んで入れることはしたくない。今回は逃げて帰ってこれたが、もし逃げ切れなかったら、俺は……。俺は、見知らぬ誰かの手を求めるのかもしれない。こんな状況に慣れることがおかしいんだ」

「久原……」

船戸の手が、そっと俺の頭に載せられる。

「よく逃げてきた」

さっき夢で見た、あの時のように。

「お前の考えはわかった」

俺の気持ちを汲《く》み取ってくれる。

これが彼の優しさだ。

甘い言葉や、贈り物で示すのではなく、相手のことを考えてくれるのが、船戸の優しさだ。

ただ、今はその優しさが辛いけれど。

「長く付き合わせてわるかったな」

だって、その『優しさ』故に、お前は引いてゆく。

「もう、お前に仕事は頼まない。そんなに辛かったと気づかなくて悪かった」

俺の手を離してしまう。

相手がお前だから、自分ですらそれが『惨め』なことだと今まで気づかなかったという事実も知らずに。

「仕事のことは気にするな。さっきも言ったように、お前のことがなくても上手くやっていける。これでも働き者なんだぜ」

彼は努めて明るく言った。

「今日はもうゆっくり休め。何も考えなくていい。俺がちゃんと上手くやるから」

きっとそうだろう。

俺なんかいなくても、お前なら上手くやるだろう。

頭にあった手が離れる。

「コーヒーぐらい淹れればよかったな。今すぐに……」

彼の立ち去るサインだと気づいて引き留めるための言葉を口にする。

「いやいい」

でもそれは空振りに終わった。

「色々やることがあるから」

「……そうか」

終わってしまう。

彼との繋がりが切れてしまう。

「じゃあな」

「……ああ」

引き留めて、好きだと言えば何かが変わるか？

「言っておくが、友人として切れるわけじゃねぇからな。困った時には呼んでいいんだぜ」

だが『友人』という言葉がストップをかける。

言わなければ、まだ友人として付き合えるという糸に目が眩《くら》んで。

彼の中では、『友人』でしかないのだという絶望が見えてしまって。

「気をつけて……」

「またな」

何も言い出せないまま、出て行く彼を見送ることしかできなかった。

あまりにもあっさりとした終わり。

部屋は、また悲しみに満ちる。

彼のいない悲しみの海に、とぷんと音を立てて沈んでゆく。

彼に手を振ったポーズのまま、俺はそこに立ち尽くした。

「『また』って、いつだよ……」

零れた涙が顎を伝い、床に落ちても。

ずっとそのまま彼を見送っていた。


日曜日、腫れた頰のために駅前の薬局まで湿布を買いに行った。

口の中も切れていて、味の濃いものがちょっと染みたので、レトルトのお粥《かゆ》も買ってきた。

後は一日中部屋で過ごし、何も考えたくないから、買い溜めていた本を三冊も読んでしまった。

もう、船戸からの連絡はないとわかっているのに、テーブルの上の携帯電話に何度も目が行く。

コーヒーの新しいのを買って来ればよかったとも思った。

また賞味期限切れで捨てることになったとしても。

心は相変わらず空っぽ。

でも、そんなふうに悠長に過ごしていられるのは、休みの間だけだった。

月曜日になれば、出社しなくてはならないのだ。

「……貼っても貼らなくても目立つな」

朝、スーツに着替えて鏡を覗き込みながら、殴られた頬に湿布を貼る。

いかにも怪我しました、という感じが嫌だったが、貼らないと赤紫になった顔が痛々しい。

仕方なく、湿布を貼った頬を隠すように、マスクをすることにした。

眼鏡にマスク。まるで不審者だ。

だが世の中には花粉症というものがあり、電車に乗って気をつけて見ると、似た様な格好の人間が何人か見つけられたので、少しほっとした。

「やだ、久原さん。どうしたんですか？」

だがマスクでも湿布でも、全ては隠せなかったようだ。

出社して一番に顔を合わせた女子社員の大森《おおもり》さんに、大きな声で驚かれてしまった。

「ちょっとね。目立つ？」

「目立つっていうか、わかります。打ち付けたんですか？」

「ちょっと酔ってね」

「久原さんが酔って？　珍しい。今日は外回りは止めた方がいいですよ」

「そうするよ」

自分の席について、パソコンを立ち上げる。

隣の伊藤の席はまだ空だった。

「久原」

宮部だ。

「酷い顔になったな」

「近づくな」

「そう言うなよ」

宮部は、伊藤の席に腰をおろした。

船戸の連絡を待っている時、何度も携帯を鳴らしたのはこの宮部だった。

もちろん、何も話すことはないから、出なかったのだが。

「連絡したのに全然出なかっただろう」

「俺は何も知らないし、何も言う気はない。だからもう近づかないでくれ」

「言っただろう？　久原が好きなのは嘘じゃないんだ」

彼は以前と同じように、優しい声で、微笑みながら言った。

「それなら今度ははっきり断る。お前とそういう付き合いはできない」

「久原」

「お前は単なる同僚だ。殴ったことは忘れてやる。それで終わりにしよう」

「メモリーのことは？」

「知らない」

「そんなはずはないだろう。聞いたんだろ？　いたんだろ？」

「知らない」

「久原」

宮部の手が俺に伸びかけた時、気の抜けた伊藤の声が響いた。

「おはようございまーす。宮部さん、そこ俺の席」

「……ああ」

伊藤に促されて宮部が立ち上がる。

俺の方に寄ろうとしたが、伊藤が椅子ごと近づいてきたので、宮部は彼の後ろに立つ格好になった。

「あれ、久原さん。どうしたんっすか？　顔」

「酔って打ち付けた」

あまり見られたくはないが、今は宮部との間の障壁になるから、自分からそれを見せる。

「うわっ、痛そう」

「案外、男との痴情のもつれじゃないか？」

宮部は苦々しそうに言った。

「久原さんが？　まさか。社内でも有名なクールビューティですよ。恋愛で揉めるほどの情熱はないでしょう」

それも失礼な言い方だが、否定されてほっとする。

けれど、自分の言葉を無視された宮部は気分を害したらしい。

「そうでもないさ。こいつは男とラブホテルに行くようなヤツだからな」

もうなかったことにしようと言ってるのに。何故自分から絡んでくるのだろう。

「男とラブホなら俺も行きますよ」

「伊藤が？」

意外なカミングアウトだと思って彼を見ると、伊藤はすぐに笑い飛ばした。

「やだな、エッチしに行くわけじゃないですよ。ビジネスホテルより設備がいいし、ベッドは広いし、値段も変わらないんで、宿泊に使うんです。学生の頃は海の家の代わりにもしましたよ。シャワーついてるじゃないですか」

「ああ」

「っていうか、久原さんらしい人を見かけたっていうなら、宮部さんもラブホに入ったんですね？」

「別にそうじゃない、後を……」

後をつけて、と言おうとしたのだろうが、それが異常な行動だということに気づいたのか、途中で言葉を濁した。

「いいじゃないですか。俺達三人とも独身貴族なんだし、ラブホ使おうが使うまいが問題にならないでしょ？　それとも、サラリーマンになったら、ラブホ禁止ですか？　それだと困るなぁ。終電逃した時とかよく使うのに」

「よく使うのか？」

「使いますよ。今度終電逃したり、ストがあった時は、一緒に泊まります？　ここだと駅の向こうにある『シャノアール』ってとこがいいですよ。隣の来集軒のラーメン届けてくれるんです」

「へえ……」

今時はそんなものなのか。

船戸と使う以外、利用したことなどないから知らなかった。

だが見上げると、伊藤の態度が宮部を更に苛立《いらだ》たせたのか、宮部の顔から笑みが消えていた。

冷たい目だ。

今まで見たことのない顔だ。

彼は、こんな顔もするのか。

「久原はな、幽霊が見えるんだそうだ」

何故、それを言うのだろう。

「気味が悪いと思わないか？」

俺が憎いのか？

それとも、俺が彼の秘密を口にする前に、俺を貶《おとし》めておこうというのか？　俺の言葉を皆が信じないように。

でもそれは、ずっと昔から想定していたことだ。

自分のことを知った人間は、気味悪いとか、信じられないとか言うだろう、と。

「気味悪いですか？　宮部さん怖がりだなぁ。俺なんか憧れちゃいますけどね」

だが伊藤の反応は、宮部や俺の想像とは違っていた。

「夏場の心霊特集とか見ると、ちょっとぐらい俺にも霊感あればいいのにって思うんですよ。そしたらこう言うのに。『宮部さんの足元に男の人がいますよ』って」

にやり、と笑った伊藤の顔が真に迫っていたので、思わず俺は宮部の足元を見た。

もしかして、あの河本が付いてきてるのではないかと思って。

宮部もピクッとして一歩退く。

「やだなぁ、二人とも本気にして。俺、霊感とかないですよ。あったら、って話ですってば。宮部さん、そんなに怖がりなら、あんまりそういう話しない方がいいですよ。幽霊って、そういう話してると寄って来るって言いますから」

脅すような伊藤の言葉に、宮部は舌打ちするとそのままそそくさと自分の席へ戻って行った。

「宮部さん、怖がりですね」

こちらを振り向いて、にこっと笑う伊藤はいつもの顔だ。

たった今見せた、『にやり』とした笑いもない。

確か、マイルドヤンキーだと言っていたが、結構本気だったのだろうか？

「もし久原さんが、本当に霊感あっても、俺は怖くないですよ。気味悪いとも思いません。カッコイイって思うけど。あ、ついでに言うなら、ゲイだったとしても問題ナシです。俺は違うけど、俺の兄貴がそうなんで」

「そう……、なのか？」

伊藤は更に近づいて、小声で言った。

「そうなんです。ガタイはいいんですけど、ノンケ相手に片想いで、そこだけいつまでもぐずぐずしてるんですよ。そういうの、可愛いと思いません？」

「……可愛いかどうかはわからないが、片想いだっていうなら、茶化すなよ？」

「久原さん、そういうの平気ですか？　同性愛」

自分も、とは言えなかった。

彼ほどあけすけには生きられない。

「人を好きになるのに性別はさほど重要じゃないと思ってる。本気で好きなら、同性でも異性でもいいんじゃないか？」

「じゃ、もし俺が『久原さん、愛してます』って言ったら？」

本気じゃないのはわかっているから、俺は笑った。

「じゃ、正直に言うが、お前にそういう感情は持たない。弟みたいなものだ」

「告白したら、弟とも思えなくなる？」

「いいや。それはそれ、これはこれだ。お前が気まずくならないんなら、これからも弟として可愛がってやるよ」

「俺、あんまり可愛がられた覚えはないんだけどな……。そうだ、可愛がってくれるんなら、今日飲みに行きましょうよ」

「今日は勘弁してくれ。顔の腫れが引いたらいいぞ、奢ってやる」

明るい伊藤が隣にいてよかった、と心から思えたので、そう言った。

「わかりました。じゃ、今日は我慢します。あ、前園《まえぞの》さん聞いてくださいよ、俺、今から久原さんの弟になったんです」

こんなことがそんなに嬉しかったのか、伊藤はたまたま後ろを通りがかった先輩に報告した。

「お前が？　久原はバカな子ほど可愛いのタイプなんだな」

「何っすか、それ」

「手がかかるだろう」

文句を言った伊藤を無視して先輩は俺に言った。

「いや、慣れると可愛いです」

「ほらほら。ね？」

嬉しくて尻尾《しっぽ》を振ってる犬みたいだ。

「調子に乗らせるなよ」

「俺は……、人付き合いも悪いし、愛想もないので、伊藤ぐらい明るいのが側にいるのが丁度いいんです」

「プラスマイナスゼロ、か。そうだな、久原は伊藤の人懐こいところは見習うといいかもな」

前園さんは、納得したように頷いた。

「俺、褒められてます？」

上司二人に褒められて、さすがに浮かれる気にはならなかったみたいで、彼は伺うように俺達を見た。

「お前は久原の真面目なところと、礼儀正しいところと、仕事の早さと正確さを見習え」

「……見習うところが多すぎます」

「ま、商品の目利きは悪くない。いいところもあるよ」

前園さんは伊藤の頭をクシャと撫でてから、去って行った。

「伊藤、コーヒー。俺はアリアリで」

「女の子使ってくださいよ」

「女子はお茶汲み要員じゃない」

「……俺ならいいのかよ」

不満げに呟いた後、彼は俺を見た。

「ついでですから、久原さんのも持ってきますよ。ミルクとコーヒーは？」

「アリナシで。前園さんの言う通り、お前は商品の目利きはいい。それを頑張れ」

「あんまり褒めないでください。それ、兄貴が見つけて教えてくれてるんで」

コーヒーを取りに、伊藤が席を離れる。

視線を宮部に向けると、彼はまだこちらを見ていた。

だが再び近づいてくることはなく、声もかけては来なかった。

このまま、忘れてくれればいいのに。

宮部が忘れられなかったとしても、俺はもう忘れる。

頰の腫れが消える頃には、宮部に視線を向けることはないだろう。

何もかも無くして、一からやり直しだ。

人は誰でも一人で生きてゆくもの。自分は長く船戸に頼り過ぎていた。何かがあれば、船戸に言えばいい、彼なら俺の話を何でも聞いてくれると思っていた。

これからは、彼がいなくても、何でもできるようにしなくては。

幽霊のことも、休みの過ごし方も何もかも。

それが当たり前になったら、自分から船戸に連絡できるかもしれない。普通の友人のように、『元気でやってるか』と。

……それはとても先のことになるだろうが。

「はい、どうぞ。コーヒー」

差し出されるカップ。

にこにことした明るい笑顔。

「そういえば、新しい店見つけたんですよ。焼き鳥屋のオムライスセット。オムライスの中身のチキンライスが焼き鳥のたれ味なんです」

その前に、伊藤にも、頼らないように気を付けないといけないかも。

「商品写真と概要説明」

「あ、はい」


それから一週間して、俺の顔の腫れが完全に引いた頃、宮部は会社を辞めた。

本人とは一度も話をしないままだったが、漏れ伝え聞いた話では、実家に戻って家業を手伝うことにしたらしい。

仕事のできる男だったので、部長は慰留したのだが、本人が固辞したそうだ。

伊藤とはちゃんと飲みに行って奢ってやった。

酒が強くて少し財布に響いたが、彼が側にいてくれたことで安らげた礼だと思えば高くはない。

相変わらず大きな声で話し、失敗も多かったが、周囲の人間も少しずつ彼を認めるようになっていた。

……少しずつだが。

俺の弟アピールは、宮部がいなくなるとぱったりと止んだ。

伊藤は宮部のことを嫌っていたから、もしかしたら宮部が俺に突っ掛かってると思って、牽制《けんせい》してくれていたのかもしれない。

船戸からの連絡はないままだった。

やっぱり手伝ってくれ、でもいいからメールでも来ないかと思っていたが、一度約束したことを違《たが》えるような男ではない。

もう二度と彼が俺に幽霊絡みの仕事を頼んでくることはないだろう。

そして仕事がなければ、俺のことを思い出すこともないのだ。

心にぽっかりと穴が空いたまますごす日々。

街で、時折幽霊を見かけることかあったが、以前なら恐怖が一番先立ったのに、船戸を思い出すことの方が先になった。

目を合わせず、かかわらず、足早にその場を立ち去りながら、あれが入ってきたら、また船戸に助けを求められるだろうかと。

そんなことはしなかったが。

「久原さん、今週末はどっか出掛けますか？」

金曜日、帰りぎわに伊藤が声をかけてくる。

「いや、予定はない」

「じゃ、ずっと在宅しててください」

「何故？」

「色々お世話になったんで、いいもの贈ります。宅配便が届くと思うんで、受け取ってほしいんですよ。ナマモノですから」

「ナマモノって……、何贈る気だ。魚とか困るぞ？」

「それは届いてからのお楽しみです。とにかく、届くまでは外出しないでくださいね」

「わかったよ」

「絶対ですよ」

「わかったって」

あんまりしつこく言われたので、その日の帰りに週末分の食料を買い込み、新しい文庫本も何冊か買って帰った。

伊藤の商品センスは悪くないから、何が届くか楽しみではあるが、あまり高いものだったらお返しをしなくちゃな。

土曜日、目が覚めると外は雨だった。
外に出ないで済む言い訳ができるから、雨は嫌いじゃない。
俺だけが出掛けないわけじゃない、きっと皆もこんな日は出歩かないだろう、と。
簡単な朝食を作って食べ、後は本を開いた。
静かな時間。
今頃、船戸は何をしているだろう？
土日でも休みじゃないと言っていたから、働いているのだろうか？
外に出る仕事でないといいな。雨に濡れると可哀想だ。
健康が取り柄で、風邪など引いたことはないが、疲れてる時にはわからないだろうし。
……考えないようにしているのに、ダメだな。
すぐに意識が彼の方に向いてしまう。
読書に集中できなくて、本を置いて立ち上がった時、チャイムが鳴った。
伊藤の言ってた宅配便だろうと思って玄関へ向かい、ドアを開ける。
「はい」
だがそこにいたのは宅配業者ではなかった。
「船戸……」
どうして突然。

「入ってもいいか？」

「え？　ああ。どうぞ」

「悪いがその前にタオルくれ、少し濡れた」

「ああ。待ってろ」

洗面所へ行き、タオルを持って戻り、彼に渡す。

濡れる、というほどではないが、髪や肩についた水滴が光っている。

「お、サンキュ」

その光の粒を拭き取って、彼はタオルを返してきた。

「どうして急に……」

「お前に話しておくことがあってな」

「話？　何の？」

「色々だ。上がっても？」

「もちろん。コーヒーでも飲むか？」

「ああ、頼む」

「じゃ、座って待ってろ」

賞味期限が切れて捨てることになるとわかっていても、やはり買ってしまったドリップコーヒーの封を切る。

船戸が、来てくれた。

仕事でもないのに。

いや、話があると言っていたではないか。もしかしたらまた仕事をしてくれと頼みに来たのかもしれない。

期待はするな。

望み通りにならなければ傷つくだけだ。

お湯を沸かして、コーヒーを淹れて、カップを持ってソファに向かう。

船戸はテーブルの上に置いてあった、読みかけの文庫本をパラパラと捲《めく》っていた。

「コーヒー」

「おう」

ぴったりとくっつくでもなく、遠く離れるでもなく座る。

微妙な距離だ。

「それで、話って」

「宮部って男のことは、もう心配するなと言いに来た」

「……え？」

「あいつ、会社辞めただろう？　もう二度とお前の前には姿は見せない。久原のことについて何か言いふらすこともない。だから安心しろ」

「ちょっと待て、どうして宮部のことを船戸が……。それに、どうして宮部が会社を辞めたことを知ってるんだ？」

「俺が辞めろと言ったからだ」

「船戸が？」

「ああ」

彼は頷いて、ポケットから何かを取り出した。

トランプのカードの形をした銀色のキーホルダー。

これってまさか……。

「あいつが探してたUSBメモリーだ」

彼がカードの半分のところを引っ張ると、二つに割れて差し込み口が現れる。

「どこでこれを……」

「河本の部屋だ」

「どうしてお前が」

「探したからだ」

「何故？　どうしてお前があの部屋に入れたんだ」

「落ち着け、ちゃんと話をするから」

彼はキャップを戻し、メモリーをポケットに突っ込んだ。

「お前から話を聞いた後、ツテを辿って宮部の卒業した大学を聞いて、そこで親しかった河本って先輩で最近亡くなった人間を捜し出した。それで河本の実家に行って、河本に貸したものがあるから部屋に入って探したいと頼んだ。ラッキーなことに、実家には、河本が親に渡していた合鍵が残っていた」

「でも……」

口を挟もうとした俺を、彼が手で制する。

「驚いたことに、河本が死んだ後、宮部はそこに住むからと言って部屋を譲り受けたらしい。だがあいつは親の買ってくれたマンション住まいで、引っ越した形跡はなかった。つまり、このメモリーを探すためだけにずっと河本の部屋の家賃を払ってたんだ」

金銭的に裕福なはずの宮部が、余裕がないと言っていたのはそのせいだったのか。

「河本の親はそのことを知らず、カギを借りたいと申し出たら、もう次の人が入ってカギは変えられてるだろうと言われた。それなら、友人として形見にそれをもらいたいと頼んでカギを貰った。だが、そんなわけで、カギは使えたんだ。で、中に入って探した」

「宮部も探したのに、見つからなかったものを、どうしてお前が？」

「捜し物なら俺のがプロだぜ。宮部はイイトコのお坊ちゃんだったから、物を壊してまで探すことはしなかったようだ。大切なものは必ず身の回りに置く。ベタな話だが、枕の中にあったよ」

枕の中……。

「中は？」

「結構エゲツない写真だった。撮った時はプレイの一環だったんだろうな。お前は見ない方がいい」

やっぱりそういう写真だったのか。

「で、これを持って宮部に会いに行った。会社を辞めて実家に戻って、二度と久原にかかわらないと約束するなら、公表はしないと取引したのさ」

俺のことを見ず、話しかけることもなく去って行った宮部。

それは彼が俺を忘れてくれたからではなく、船戸がそうしてくれたのか。

「どうして……。どうしてそこまでしたんだ」

「あの男がお前を殴ったからだ」

「船戸……？」

「それに、俺がお前に触れる理由を奪ったからだ」

「……え？」

今、何て……？

「お前は注意深くなって、もう偶然には幽霊に触れて俺を呼ぶことはないだろう。だから仕事と称してお前に霊を入れて、俺の手を欲しがるようにするしかなかった。だがそれがお前を苦しめてると思ってなくて……、すまなかった」

「待って……、待ってくれ。今、仕事と称してと言ったか？」

期待してはいけない。

「ああ」

「あれは、仕事だったんだろう？」

「……そうごろごろ幽霊がらみの仕事が来るはずがねぇだろ。そういうのを探してたし、特に幽霊を呼び出さなくても終わる仕事でも、お前を呼んだ。霊を入れた後には、お前に触れられるから」

罰が悪そうな顔でする告白。

「どうしてそんなことを……！」

項垂《うなだ》れて、拗《す》ねたように外す視線。

「お前に触る理由が欲しかったからだ」

「どうして俺に触れたかったんだ」

「そりゃ……、久原が好きだからだ」

「嘘だ！」

期待……、したい。

彼も自分を好きだったと、同じ想いで側にいてくれたのだと思いたい。

「嘘じゃない！」

「だって、仕事の時以外には会うこともしなかったじゃないか。もうずっとこの部屋にだってあがらなかった。お前の部屋にも呼ばれなかった」

「それは……、二人きりになると我慢できなくなったからだ。お前のイイ顔をさんざん見て、身体だって触ってるんだ。その先をしたくなるのは当然だろ。でもお前が俺を欲しがるのは、体質のせいだ。俺に惚れてるわけじゃない。一度でも襲ったら、二度とお前に触れることはできないと思って我慢してたんだ」

「彼女がいただろう」

「それは……、本命に手が出せなけりゃ、他所《よそ》で済ますこともある。ちゃんと割り切った相手しか選ばなかった」

長続きしなかった彼女。

本当の恋人ではなかったのか。

大きな手で自分の顔を摑むように隠してしまうから、表情が見えない。

「何時《いつ》から……」

「高校の時からだ。……小綺麗なヤツだなと思って見てた。お前のエロい顔を見てからだんだんのめり込んで……。最初は善意だったんだ。そりゃ、興味半分っていうか……、ラッキーとは思ってたことは認めるが」

声が、だんだんと小さくなる。

「お前もそんなに嫌がってないみたいだし、割り切ってるみたいだったから、お零れに与《あず》かるみたいな気持ちで……。スマン、本当に悪いと思ってる」

学生の時から、船戸が自分を好きだった？

触れていたのは、面白がっていたからではなく、気持ちがあっての行為だった？

「お前の気持ちを考えずに勝手をしてた。だから、もう仕事はさせない。お前を傷つけるものはちゃんと排除した。今までのことはそれで許して欲しい」

「そ……んな……」

「それで足りないなら、何でもする。だからだな……、これからはそういうことナシにだな……。その……、俺とそういう意味で付き合ってくれねぇかなと思って……。いや、ダメなら、友人としてからでもいいんだ」

「……こっちを見て話せよ。ちゃんと顔を見せろよ」

船戸は少し迷い、ため息を一つついてから、覚悟を決めたようにこちらに向き直った。

正面から、俺の目を見て、俺が欲しくて欲しくて堪《たま》らなかった言葉を口にした。

「好きだ、久原。俺と付き合ってくれ。もしまたああなっても、他のヤツに触らせないでくれ」

いい歳をした男がみっともないと思うが、嬉しくて涙が零れた。

「久原」

「他の……ヤツになんか、あんなこと頼めるわけないだろう」

船戸は俺の涙を見てうろたえた。

「すまん……」

「船戸だから、ずっと今まで続けてたんだ」

「……久原？」

もう少し、あと少しだけ、どちらかが勇気を出していたら、こんなに長い時間はかからなかったのに。

もう少し大人になってから出会っていたら、すぐにでも本当の気持ちを口にしたり、それを匂わせる態度を取ることができたのに。

「愛されてないのに、求められていないのに、抱かれ続けるのが苦しかったんだ。好きと言えないのに、身体だけが感じるのが辛かったんだ。仕事のために抱かれるのが……、辛くて……」

「久原」

彼の手が俺の手を握る。

「お前も俺を好きだったんだな？　そう言ってるんだな？」

「好きだ。ずっと好きだった。口寄せなんかしてない今だって、お前に触れて欲しいと思うぐらい好きなんだ」

「久原」

顎を取られ、船戸の顔が近づく。

何度も身体中に触れられたのに、キスをするのは初めてだった。

ためらいがちに重なった唇が、逃げないとわかった途端強く押し付けられる。

握られていた手が離され、腕が背中に回る。

合わせた唇の間から舌が差し込まれ、俺の舌を探る。

おずおずと応えて舌を差し出すと、強く吸われ、更に深く舌が入り込む。

「畜生……、損した」

長いキスが終わると、船戸はボソリと呟いた。

「もっと早くお前を手に入れられたのに」

そしてまた、今度は軽く唇を合わせせる。

「我慢しなくていいんだろう？　抱いていいな？」

疑問形ではあるが、断定的な訊き方。

伊藤の贈った宅配便が来るかもしれないが、出なければいいだけだ。ナマモノだと言っていたが、夜に再配達してもらえば問題はないだろう。

だって、俺にとって船戸が一番なのだ。

彼に抱かれる日を、ずっと待ち望んでいたのだ。

「抱いて欲しい。船戸が俺を求めてるなら。『手を貸して』くれるんじゃなく、お前の欲しいままに抱いて欲しい」

自分も彼の身体に腕を回し、キスを返す。

「今すぐにでも」

「望むところだ」

船戸は、見慣れた笑顔で頷《うなず》いた。

「足腰立たなくしてやるぜ」

少し、悪い男の顔で。


ソファからベッドに移る間にも、船戸はキスを繰り返した。

ベッドの上に座った途端、押し倒されシャツに手を差し込まれる。

休日だから、俺は長袖《そで》のTシャツにルーズなパンツというラフな服装だった。

船戸は薄いシャツにいつものパイロットジャケット。

ジャケットを脱がないまま重なってきたので、ファスナーが肌に触れ、冷たさにピクリと身体が震える。

「怖いのか？」

「ファスナーが冷たいだけだ」

「ああ」

今気づいたというように、彼がジャケットを脱ぎ捨てる。

それからまた身体を重ねた。

「温かい身体のお前に触れるのは初めてだ」

と言いながら、シャツの中で身体を撫でた。

「いつも冷たくて、強ばってた」

「お前の手も、いつもより熱くないな」

二人に温度差がないからだ。

同じ体温であるということが、とても新鮮だった。

「あ……」

遠慮も何もなく、手がズボンのファスナーを下げ、前を開く。

「勃起《ぼっき》してないお前のを見るのも初めてだな」

下着を引き下ろして俺のモノをつかみ出すと、彼は軽く手で握った。

「俺が、お前を硬くさせるのかと思うと興奮する」

「ばか……」

「本当さ。いつも他の理由で勃ってるのが悔しかった。俺で感じればいいのにと思ってた」

「あ……！」

突然咥えられて、思わず声が漏れる。

「温かい」

温度差はないはずなのに、船戸の舌が熱い。

「凄いな、どんどん硬くなってくる」

「言うな……っ」

「俺のせいだろ？」

「他の何だって言うんだ！」

「何のせいでもない。俺が舐めて、咥えてるからだ」

顔は見えなかったが、声は嬉しそうだった。

「全部脱がすぞ」

「自分で脱ぐ。……お前も」

「脱ぐさ。お互い全裸になるのも初めてかもな」

「そんなことない。前にもあった。お前に脱がされた」

「そうだったかな」

初めてだけれど、初めてではないから、お互いそれぞれで服を脱ぐ。

全裸になって向き合うと、妙に恥ずかしくて目を逸らす。

こんなに落ち着いた状態で抱き合ったことはなかったから。

「久原」

肌と肌が直接擦れる。

「じっとしてろ。自分でするなよ」

剝き出しになった身体に、船戸の唇が降る。

熱を求めて堪らなくなるあの状態でなければ感じなかったらどうしようという不安は、一瞬のものだった。

手が、指が、唇が触れてゆく先から快感が生まれる。

萎えていたモノに熱が籠《こ》もるのがわかる。

いつもは熱としか感じなかった彼の手の、皮膚の感触すらわかる。

胸のさきを弄《いじ》られ、腰が疼く。

「う……」

「感じるところは変わらないんだな」

「いちいち言うな……」

「恥ずかしいか？」

「当たり前だ」

「……新鮮だな。いつもは『もっと』とか『そこ』とか言うのに」

「あれは……」

「わかってる。本当のお前じゃなかったんだろう？　本来の久原は恥ずかしがり屋なわけだ」

「別にそれほどじゃない。ただ……」

「ただ？」

「……何でもない」

内側から、熱を求め、早く温まりたいという欲に支配されている時と違って、触れられること自体に反応するのが恥ずかしいのだ。

あの時は、『仕方がない』ことだった。

熱を求めて頭がおかしくなっていた。

でも今はまだ冷静で、感じることが性的な幸福だとわかっている。

船戸以外の人間とこういう経験のない自分には、自分が見せる反応が一般的なのか、不感症なのか、淫乱なのかわからない。

船戸は、自分以外の相手と普通に寝ていた。

もしかしたら男を抱いたこともあるのかもしれない。

そういう相手と自分を比べられたらどうしよう。

「ん……」

自分の上げる声を意識するのも、初めてだ。

「……いつもより、感度が悪いんじゃないか？」

「そんなことはない。いつもよりウブいぜ。ほら」

乳首を強く摘まれ、ビクンと身体が弾ける。

「前のがレトルトパックですぐに食べられるように差し出された料理なら、今日は材料から吟味して自分の手で作る料理みたいなもんだ。作る楽しみがある」

摘まんだ先を指で転がされる。

「あ……」

「それに、インスタントより手料理の方が大抵の男は御馳走《ごちそう》だと思うもんだ」

「何を言ってるんだ……か……」

執拗《しつよう》なまでにそこを弄られ、腰が震える。

弄られているのは胸なのに、感覚が下半身に直結している。

今度は吸われて、口の中で転がされる。

「ひ……、あ……っ」

熱い。

身体が燃える。

溶けてゆく。

「舌と指と、どっちがいい？」

「舌……」

顔が火照る。

「熱くて……、柔らかい……」

胸に埋まる彼の頭を抱き寄せる。

もう、彼を求めてもいいのだ。

そうしているのは自分の意思だとわかってもらえるから。誰でもいいと誤解されないから。

胸を舌で嬲りながら、手が下肢に伸びる。

内股《うちまた》を撫で、割るように脚の間に手を差し込む。

根元まで這い上がった手は、再び俺のモノを握った。

まだ抱き合ったばかりなのに、ソコは硬く、彼が握る度に大きくなってしまう。

「船戸……、お前のも……」

「俺のはまだいい」

「でも……」

「今されたら我慢ができねぇよ」

「我慢なんか……しなくてもいいって……」

「それでも手順ってものがある」

俺の身体を、味わっている。

『俺』を堪能《たんのう》してくれている。

俺の求めに応じてくれているのではなく、『彼』の望みを俺で叶えようとしている。

嬉しかった。

喜びで胸が震えた。

その喜びが、また全身を過敏にする。

「今日は挿入《い》れたいんだ」

「できないかも……」

「嫌か？」

「初めてだから……。お前の、デカイだろう」

初めて、彼の動きが止まる。

「……お褒め与かり。それでも、挿入れたい。久原を全部俺のものにしたい。ダメか？」

「……努力する」

彼のサイズは触ったことも見たこともあるから知っている。

男性同士ではアナルセックスになることも知っている。

だが経験はない。

船戸がそれをしなかったから。

したくないからしなかったのではなく、きちんとした線引きをして我慢してくれていたのだ。

それなら、たとえ多少辛くても、いや、とても辛いことになったとしても、彼を受け入れたい。

何より自分が欲しい。

「バックからのが辛くないだろ。俯《うつぶ》せになれよ」

「ん……」

「尻を上げろ」

「そんな格好……」

「膝を曲げてた方が楽なんだ」

自分より経験のある人間の言葉だから渋々と従う。

彼に背を向け、土下座するような格好にまではなれたが、腰を上げることはできなかった。

そうしたら、尻が彼の目の前に晒されてしまうと思うと抵抗があった。

「腰」

「……恥ずかしくて、だめだ」

「可愛いこと言うなよ」

「このままでいい」

「辛いぞ」

「辛くてもいい」

蹲った俺の背中に、彼の指が這う。

「あ」

肩の辺りから下へ向かって、背骨をなぞる。

「細いから、骨が浮いてる」

ずっと下がって、腰へ、そして尻へ。

「う……」

そのまま穴に触れた。

指はそこを弄り、襞《ひだ》の上を円を描くように動く。

中心に触れ、またまた尾てい骨から背骨に戻る。

ゾクゾクする。

鳥肌が立ってしまったことに気づくだろうか?

「脚を開けよ」

命じられるまま、少しずつ脚を開くと、その間に彼が身体を進めた。

脚の間から手を突っ込んで、また俺のモノを握る。

ゆっくりとした動きに身体が反応する。

更に硬くなったモノを抱えているのが辛くて、自然と腰が上がる。

「あ…や……」

身悶《みもだ》えて、声が上がる。

「や……。ん……っ。ふな……」

腰が浮くと、彼の指がまた穴に触れた。

「ひ……っ」

前を握られたまま、後ろを弄られ、堪らなくなってしまう。

「船戸……」

「もっと呼べ」

「船戸……」

「そうだ。俺の名前を呼べ。俺が抱く。俺以外には抱かせない。俺以外は求めるな」

「そんなこ……あ……たりま……。や……」

淫らに……、なってゆく。

自分が恥ずかしいほど淫らになって、彼を求めている。

初めてと言いながら、エクスタシーを知っている身体は、溺れるような快楽の果てを求めていた。

弄られてる場所がヒクヒクと動いているのがわかる。

「船戸……。もう……」

既に腰は高く上がり、彼はそれを見ているだろう。そう思うと羞恥心《しゅうち》でまたそこがヒクつく。

「もう?」

「イク……っ」

「まだだめだ」

手は強く前を握った。

「アッ……!」

反動で、先漏れが彼の手を汚す。

「俺も我慢してるんだ。もうちょっと待てよ」

「じゃあ……、手をとめろ……。触られてると……」

「気持ちよくてイッちまう、か？」

「お前の手だからだ……！　船戸の手だから、感じるんだ。お前がこんなふうにしてるんだ……。俺は……お前しか知らないんだから」

「煽《あお》るなよ。もっと解《ほぐ》してからじゃないと……」

「もういい……。いいから……」

何とか振り向いて、肩越しに彼を見る。

頼むから、早く楽にしてくれと、懇願の視線を向ける。

船戸は俺を見て、ゴクリと喉《のど》を鳴らした。

「わかった」

視界の端に、高く上を向いた彼のモノが見えた。

だが彼が近づいたから、それはすぐに自分の身体に隠れて見えなくなった。

来る。

「力を抜け」

入って来る。

「あ……」

他人が俺の身体に入って来る。

異物が俺の中に入る。

それは、幽霊を迎えるのに似ていた。

だが受ける感覚は全く違った。

「あぁ……ッ」

突然こちらの意志を無視して侵入する奴等と違って、これは自分が望んで迎えいれるものだ。

全身を凍らせるような冷たさではない。全てを溶かすような熱いモノだ。

広げられ、痛みが与えられても、彼は出ていったりしない。その痛みこそが、彼が自分の中にいるという証《あか》しなのだ。

「い……っ、あ……」

内側から広がる熱。

身体の芯に打ち込まれ、貫いてゆく快感。

「久原……」

「や……っ。熱い…ッ」

繋がった場所の痛みは、やがて熱を帯びた。

「いい……っ」

太い肉塊を咥えて、身体が揺れる。

視界も揺れる。

腰を捕らえられ、何度も突き上げられ、その度に熱と痛みと快感が脳を焼く。

身体が重なり、彼の手が胸に伸びる。

「だめ……。触るな……」

「どうして……？」

「イク……っ」

「もうイッてもいい。何度でもイかせてやる」

「だめ……っ、あ……っ、あぁ……っ！」

悲鳴のようなよがり声を上げて、俺は絶頂に身を投げ出した。まだ中にいる船戸は硬いままだというのに。

ヒクつく肉が彼を締め付ける。

だらしなく開いた唇から熱い息が漏れる。

生きているから。

彼が熱い。

自分も熱い。

この熱量が、心地よい。

「そのままでいろ」

再び何度も貫かれて、更に熱が上がる。

理性など消えてしまうくらいに。

「いい……っ、奥…当たる…っ」

もう、恥じらいなど消えてしまうくらいに。


指一本動かすのも億劫《おっくう》なくらい、疲れた。

ただイクだけの、自慰に近い行為と違って、貪《むさぼ》られるというのはこんなにも疲れるものなのだと初めて知った。

腰も重だるく痛む。

空腹だと言われたが、もう料理を作る体力も気力もないと答えると、船戸はコンビニに二人分の食事を買いに出て行った。

窓の外はもう暗い。

一体、どれほど抱き合っていたのか……。

テーブルの上の定位置で携帯が鳴ったのは、喘《あえ》ぎ過ぎたせいで渇いた喉を潤すために、飲み残しのコーヒーに手を伸ばした時だった。

何とか腕を伸ばして携帯を取って出ると、相手は伊藤だった。

『もしもし、久原さん？』

「ああ……」

『ナマモノ、届きました？』

そうだった。宅配便が来るんだった。

「いや、まだ来てないと思う」

さすがに熱中してたとはいえ、チャイムが鳴ったらわかるだろう。

『あれ、おかしいな。もうとっくに届いたはずですよ。勢いはいいのに初恋に奥手でうじうじしてる男が一人』

「……え？」

電話の向こうで、伊藤は笑った。

『品名は船戸終《おわり》って言うんですけどね』

「何でお前がその名前を……！」

驚いて起き上がった途端、腰に痛みが走って蹲る。

『だって、船戸って、俺の兄貴ですもん』

「な……んだって？」

『俺のオヤジと、船戸さんのオフクロさんが再婚したんで、全然血はつながってないですけど、まあ一応兄貴です』

伊藤が……、船戸の弟？

ガタイはいいけど、ノンケ相手に片想いで、そこだけいつまでもぐずぐずしてるゲイの兄貴……。目端が利いて、商品センスのある兄さん。

『もしもし？　久原さん？』

「本当に……、本当にお前が船戸の義弟なのか？」

『本当ですよ。兄貴に言われて、会社でずっと久原さんのこと守ってたんです。宮部のこと調べたのも俺ですし。あ、だから久原さんが霊感あるってのが本当なのも知ってますよ』

宮部の出身大学をツテを辿って知ったと言ってたが、それが伊藤だったのか。

確かに、伊藤なら社内で宮部がどこの大学を出たかと尋ねることぐらいできるだろう。

それに、最後に宮部が突っ掛かってきた時のフォロー。

『で、届きましたか？　ナマモノ』

「……届いたよ」

『返品しますか？』

「いいや、返さない。絶対に」

『よかった。それだけ確かめたかったんです。何せ、俺が恋のキューピッドですからね。受け取ってくれたんなら、長電話はお邪魔でしょうから、これで切りますね。兄貴、そこにいるんでしょ？　よろしく言っといてください。お礼はビッグスクーターで手を打つって』

笑いが、込み上げてくる。

「わかった、言っておく」

『じゃ、また月曜に』

「ああ」

電話を切ると、笑いが止まらなくて、涙が出た。

伊藤が船戸の弟。

確かに顔形は全然似ていないが、どこか似た雰囲気はある。

船戸の父親は行方が知れないが、母親は再婚したと聞いていた。伊藤は再婚相手の連れ子だったのだ。

その義弟に、俺を守らせていた。

会社にいても、俺はずっと船戸に守られていた。

それにも気づかず、ずっと孤独だ、孤独だと嘆いていたなんて。

「買ってきたぞ。……何笑ってんだ？」

買い物から戻った船戸は怪訝《けげん》そうな顔で俺を見た。

「幸せだと思って、笑いが止まらないんだ」

「……そいつはよかったが、泣くほどか？」

弁当をテーブルの上に置いて、彼が傍らに腰を下ろす。

その身体に腕を回してこちらからキスを贈る。

「今、弟から電話があったよ。お礼はビッグスクーターでいいそうだ」

意味がわかって、彼は苦虫を噛み潰したような顔になった。

「足元見やがって……」

その顔を見て、俺は心の中で思った。

伊藤、確かに船戸は可愛いよ。

誰にも渡したくないほど。

二度と離れたくないほどに……。

あなたと暮らす その前に

「大学入ってすぐに、顔合わせしたんです。俺、一人っ子で、両親が再婚してから妹はできたんですけどね、上はいなくて。そしたらある日義母さんに子供がいるって言うから会いたいってお願いしたんです。で、船戸さん、カッコイイでしょう？　もうすっかり『兄貴』って感じで懐いちゃって」

昼飯時。

いい話を聞かせるから、一緒に食事しませんかと誘ったのは後輩の伊藤《いとう》だった。

別に断る理由もないし、近くの店ならとそれに応《こた》え、向かい合って座った定食屋。

うちの会社はフレックスなので、昼休みも他の会社と被《かぶ》らないようにできるため、店には空席が目立っていた。

人が少ないから安心したのだろう、伊藤は彼言うところの『いい話し』を喋《しゃべ》り始めた。

つまり、俺の知らない俺の恋人の、船戸《ふなと》の話を。

「あんなにカッコイイのに、彼女がいないって言うから、これは義弟として一肌脱ごうと思って、可《か》愛《わい》い娘《こ》を色々紹介したんです。そしたら、俺には好きなヤツがいるから、もうそういうのはやめろって言われて。超気になるじゃないですか、あんなカッコイイ船戸さんが片想《かたおも》いって。どんな相手なんだろうと思って訊《き》いたんです。そしたら男だって言われて」

伊藤が船戸の義弟であると知ったのはつい先日だ。

船戸と俺は高校時代からの友人で、彼のことは何でも知っていると思っていた。だが、彼が離婚した両親から離れ、一人暮らしを始めると、彼の口から家族の話が出ることはなくなった。

こちらも、何となく気まずくてその話題を避けていた。

その間に、船戸の母親は伊藤の父親と再婚し、連れ子だった伊藤が船戸の弟になっていたというわけだ。

「いや、もうビックリ。俺が久原《くはら》さんと会うことはないと思ったんでしょうね。色々聞きましたよ。頭がよくて、優等生で、理知的な横顔が美人で。自分と全然違う世界の人間だって」

あまりにも自分にとって喜ばしく都合のいい彼の話を、信じていいのか悪いのか。

そもそも、船戸にしてみれば、義弟に話したことが俺に伝わると思っていなかったのなら、聞いてもいいのか。

悩みはしたが、誘惑には勝てない。

船戸は自分からは絶対こんな話はしないだろうから。

「だから、一度ここの会社に見に来たんです。で、美人かも知んないけど、冷たい感じだなぁって。これじゃ兄貴の気持ちになんて気づきそうもないや。それじゃ、俺が近くに行って、手助けしてやらなきゃって。俺、ホントは自動車系のディーラーになりたかったんですけど、一応こっちも受けてみたらこっちだけ受かっちゃって」

偶然ではなかったわけか。

でも伊藤なら、ディーラーのが合ってただろうな。

「で、ここに勤めたって言ったら、久原さんのこと、しっかり見守れって。あの時、結構慌ててましたね。ああ、なんか、兄貴って可愛いヒトなんだって。そうでしょ？　初恋の相手に告白もできないままずーっと片想いですよ？　ね、どう思います？」

同じ立場だった自分に、彼を『可愛い』とは言えない。

「久原さん？」

「そういう感覚は人それぞれだな。いい話だったが、いつまでも喋ってないでそろそろ食事を終えろ。午後は会議があるんだから」

「……はーい」

「返事は……」

「短くでしたね。はい、はい」

「一度でいい」

「はい」

友情と恋愛の境目はどこだろう？

肉体を欲することか？

独占欲が湧《わ》くことか？

俺と船戸は、学生時代からのつきあいで、長く『友人』を続けていた。

触れ合って、肉体の快楽を共有したこともある。

やっと互いの本音を伝えて恋人にはなったけれど、今までと何が違うのかよくわからない。

というか、どうやって違いを示したらいいのかがわからなかった。

相変わらず、俺は会社に勤め、彼は自分の会社で働いている。

仕事の呼び出しがなくなった代わりに、仕事終わりに時々俺の部屋を訪れるようになった。

以前は二人きりになると我慢が利かなくなるからと言って足を遠ざけていたけれど、今は部屋へ来たからといって襲われるようなことはなかった。

コーヒーを飲んですぐ帰ったり、一緒に食事をしたりする程度だ。

泊まって行くか、とは言えなかった。

泊まって行きたいとも言われなかった。

二人で過ごす長い夜の先に何があるのか、意識してしまうようになったから。

今までなら『何かあるかな？』という期待だけだったのに、許されてしまうようになったら、きっと求め合うとわかっているので、『泊まる』ということが、『二人で過ごす夜』が、抱き合って、セックスして、求め合って快楽を得るということとイコールになってしまったから。

下心丸出しのセリフ、と思われるのが怖いのだ。

長くつきあってはいたけれど、恋人にはなったばかりだから。

臆病《おくびょう》な二人。

いい歳《とし》をした大人の男なのに、まだ相手にどう思われるか、手に入れたばかりの恋が壊れるのではないかとビクビクしている。

表面上は変わらないのに。

俺と船戸は、まだ微妙な空気の中で、曖昧《あいまい》な態度を取り続けていた。


空気を変える機会は、突然やってきた。

『ちょっと頼みたいことがあるんで、付き合ってくれないか？』

船戸から連絡が来たのは土曜の朝だった。

頼み事はメールが多かったのだが、珍しく電話での連絡だ。

「何だ？　仕事か？」

『まあちょっと……。今日、都合がよかったら今から迎えに行きたいんだが』

休みの日ではあったが、特に何をするということもなかったので、俺はすぐに引き受けた。

言葉を濁した彼に引っ掛かりは覚えたが、船戸に会えるならどんな理由でも構わない。

近くまで来ていたのか、電話を切って十分も経《た》たないうちに、チャイムが鳴る。

「はい」

出迎えに出ると、彼はいつもの格好でそこに立っていた。

「悪いな、突然で」

「いや、別に予定があるわけじゃないから」

「明日は？」

「明日？」

「明日も特に予定はナシか？」

明日の予定を訊くなんて、二日がかりのことなのだろうか？

「暇人みたいに思われるのはシャクだが、特に予定はないよ。遠出するなら荷物を造るが？」

「いや……。そうだな、下着の替えぐらいはあった方がいいかもな。いや、俺のも必要だから、途中で買ってやるよ」

「下着ぐらいすぐに出せる」

「いいよ。まあ、必要経費だ」

必要経費ってことは、やはり仕事か。

「わかった。じゃ行こうか」

どうも態度がおかしいので、俺は車に乗ると、すぐに彼に尋ねた。

「頼み事って何？」

「それはまあ、おいおい」

「はっきり言えよ。曖昧なままじゃ気分が悪い」

ハンドルを握った船戸は、こちらを見ずに口元を歪《ゆが》めた。

運転中に振り向かれても困るが。

「実は、ある場所に幽霊がいるかどうかだけ確認して欲しいんだ」

なるほど。

彼の態度がおかしい理由はそれか。

二度と俺にそっちがらみの仕事は頼まないと言ったのに、何かの都合で頼まなくてはならなくなったので、申し訳ないと思っているのだろう。

「いるかどうかの確認だけでいいんだ。入れる必要はない。その代わり、どんなものがいても、大したものじゃなくても、悪いもんじゃなくても、全部教えてほしい。もしいたらすぐにその場所から離れるから」

「いいよ。事後処理はしてくれるんだろう?」

「責任は取る。処理とか言うな」

「お前とのことと、アレは別だからな」

「どっちも俺だ」

お前がいるなら大丈夫、というつもりで言ったのだが、少し機嫌を損ねたようだ。

「悪かったよ」

「いや、俺の方こそスマン。でもどうしても……、大切なことなんだ」

その後は口を閉ざし、彼はもう何も言わなかった。

緊張してる？

でもどうして？

そんなやっかいな仕事なんだろうか？

危険な仕事なのか？

だがそれでもいいさ。

彼が、俺を危険に晒《さら》すとは思わない。

危険があったとしても、彼が側《そば》にいてくれるなら。

無言のまま進んだ車は、都心へ向かい、何故か高級ホテルの駐車場へと滑り込んだ。

「ここ？」

と疑問の目を向けると、彼が曖昧に頷《うなず》く。

「いいから降りろ」

「……まあいいけど」

車を降りて、先を行く船戸についてゆくと、彼はフロントに立ち寄らず、そのままエレベーターへ向かった。

このホテルの一室に、クライアントが待っているのだろうか？

乗り込んだエレベーターで向かうのは最上階。

船戸がこんなところに部屋を取るとは思えないし、取る理由も思いつかなかったので、やはり誰かの元へ行くのだろう。

だが誰が待ってるのだ？

「こっちだ」

エレベーターを降りると、彼は迷うことなく一つの扉の前へ行き、パイロットジャケットのポケットから取り出したカードキーを使い、ドアを開けた。

ノックもなしに。

「入れ」

足を踏み入れた場所は、別世界だった。

仕事柄、出張などでホテルは使うが、そんなものとは格が違う。

ドアを開けて短い通路を進んだ先には、パノラマを見下ろすような大きな窓、いや、ガラス張りの壁と言った方がいいかもしれない。

俺のマンションの部屋がすっぽり入ってしまいそうな広いリビング。

L字型のソファは、その一片だけで何人掛けられるか。俺が横になってもまだ余るだろう。

ガラス張りのテーブルの上、美しく飾られた花の横にはウエルカムドリンクらしいコーヒーのセットが、手付かずのまま置かれていた。

「船戸、ここは……？」

振り向くと、彼は仏頂面で腕を組み、壁に寄りかかるようにして立っていた。

「この部屋に、『何か』いるか？」

「何かって……、幽霊？　いないと思うけど」

「全部の部屋を隈《くま》無くチェックしてくれ」

「……ああ」

ひょっとして、この部屋は事故物件なのだろうか？

人死にが出て、ホテルの人間にそれをチェックするように頼まれたとか？

だがこんな有名なホテルで事故や事件があったという話は聞いてないが……。

とにかく、それが依頼ならチェックだけはしよう。

彼をそこへ残したまま、一人で部屋を回る。

巨大なテレビが置かれた広いリビングの奥には小ぶりな丸テーブル、それも四人掛けのものが置かれている。

その左側にある扉を開けると、ダブルのベッドが置かれたベッドルーム。

壁にはクローゼットが造り付けられていて、ベッドに横たわったまま見られるように置かれたテレビは、リビングのものほどではないが、やはり大きい。

クローゼットを開けると、中には厚手のタオル地のバスローブ。

そのどこにも、不穏な影はない。

リビングに戻って、入り口に続く通路へ入ると、右手には会議室のような長テーブルと椅子《いす》。

ここは生活するためというより、事務的なイメージだ。もちろん、豪華ではあるのだが。

きっと、ここに泊まるような人は企業の社長などで、実際ここを会議室として使用するのだろう。

通路の反対側にはバスルーム。

洗面台はダブルシンクで、トイレは磨りガラスで仕切られた独立型。

ガラス張りのバスルームは広くて、一角にはシャワーブース、そしてバスタブは円形のもので、その向こうにはまた下界を見下ろせる大きな窓。

もちろん、どこにも幽霊なんていなかった。

全《すべ》てをチェックし終えて船戸のところに戻ると、彼はまだ不機嫌そうな顔をして立っていた。

「どうだった？」

「何も」

「不都合なものは何もないな？」

「ないよ。綺麗《きれい》なもんだ。豪華だし。俺も一度ぐらいこんなとこに泊まってみたいよ」

軽い気持ちで言ったのだが、彼の顔は更に歪んだ。

こんな高そうなところに泊まりたいなんて、高望みと思われたのだろうか？

「問題ないなら、それでいい。次に行くぞ」

「次？　まだあるのか？」

「ああ付いて来い」

「今度はどこへ？」

「行けばわかる」

またか。

まあ別にこの程度のことなら困ることはないけれど。

部屋を出て、また一階に戻り、ドアマンに送られながら車に乗り込む。

車はすぐにスタートし今度は都心を背に走りだした。

「ああ、下着買うんだったな」

「今から？」

「デパートでも寄るか？」

「そんな高級なものはいらないよ。コンビニでいい」

「プレゼントにしてやるから、いいもの買えよ」

「下着をプレゼントされても。自分で買うからいいよ」

「遠慮すんなって。パンツなんて高いもんじゃねぇんだから。まさかダイヤ付きが欲しいわけじゃないだろ？」

「ばか」

いつもの船戸の軽口が出て、少しほっとする。

デパートへ立ち寄り、下着売り場へ向かうと、彼は何故か一旦《いったん》姿を消し、大きな袋を持って戻ってきた。

「……何買ったんだ?」

「まあ色々だ。気にすんな。それよりパンツ買ったか?」

「……ああ」

買い物があるなら一言言ってくれればいいのに。

三十分ほどで買い物を終えると再び車へ。

……どうもしっくりしないな。

船戸は何を考えているのだろう?

何をしているのだろう?

訊いても答える気はないみたいだし、最後まで黙って付いてゆくしかないのか。

覚悟を決めて暫《しばら》く行くと、見慣れた景色の中を進んでいることに気づいた。

俺のマンションの近くだ。

だが、俺のマンションに向かっているのではなく、途中で道をそれた。

そして到着したのは、立派なマンションだった。

白い外壁の低層マンション。

今自分が住んでるところも、決して悪いところではない。ただ築年数が古いだけで。

だが船戸が連れてきたところは、エントランスはガラス張りで外からの光が差し込み、ウェイティングスペースもある、新築物件だった。

ここでも、彼は黙ったまま、ずんずんと奥へ進み、エレベーターに乗った。

しかも、何故かまた不機嫌。

三階で降り、一番端の部屋に行き、持っていたカギでドアを開ける。

「入れ」

と言われて一歩足を踏み入れると、新しい部屋特有の匂《にお》いがした。

「失礼します」

「誰もいねぇよ。あ、靴は脱げよ」

玄関は黒いイタリアンタイルが敷き詰められ、壁は白。

造り付けの小さなベンチもある。靴を穿《は》く時に腰掛ける用だろう。

よく見ると、壁と思ったものは扉で、そっと開けて中を覗《のぞ》いて見ると、ウォークインのシューズクローゼットになっていた。

「ここでは何をするんだ？」

「ホテルと一緒だ。変なものがいないかどうかのチェックだ。全部隈無く見るんだぞ。トイレも、風《ふ》呂《ろ》も、クローゼットも」

「わかったよ」

ひょっとして、船戸は事故物件のチェックの仕事を始めたのだろうか？　存在を確かめるだけなら、俺に負担はないし。

それでもしかしたら、自分の会社に移ってこいとか？

いや、それはないな。会社を始めた時に、俺には俺の生活を送っていいと言ったのだから。

靴を脱いで中に入る。

玄関から奥へ続く廊下には両側にそれぞれ二つ、四つの扉があった。

左側の最初のドアを開けると部屋は空っぽで、家具はない。

あれもいない。

続いて隣。こちらはサービスルームらしい、狭い部屋。

出て向かい側の扉は、バスルーム。

さっき見たホテルほど豪華ではないが、一般住宅としては高級な感じだ。

浴槽は大きく、二人……、いや、三人は入れそうだ。

隣はトイレ。

スタイリッシュな感じだ。

戻って廊下に出て奥へ進むと右手側に対面型のキッチン。カウンターがあってその向こうにリビングダイニングになるであろう広い空間。

大きなその部屋の両端にドアがあり、それぞれ広い個室になっていた。

ここもまだ家具が入っていないので、とても広く感じる。実際、多分広いのだろう。

リビングの窓には床が焼けないようにカーテンが閉まっていたので、近づいてそれを捲《めく》って外を見ると、ウッドデッキがあった。

「どうだ？」

「何もいないよ」

「本当に？」

「嘘《うそ》を言ってどうする」

「そうか……」

船戸は、やっと満足そうな顔で頷いた。

「ウッドデッキまであるなんて、随分いいところだな」

「気に入ったのか？」

「ウッドデッキ？　ああ。いいな。家の中にいて陽《ひ》の光を浴びれる場所があるっていうのは」

「キッチンも見てみないか？」

彼が急に上機嫌になったので、異論は唱えず頷いた。

「ああ」

「対面型のキッチンってのはいいよな。食事を作る方も一人にならなくて」

カウンターの向こう側へ回って、船戸は料理を作る真似をした。

「そうだな」

「お前が料理を作るなら、それを見ながら俺はここで酒を飲むよ」

「大して強くもないくせに。風呂場はどうだった？」

「広くて、明るくて、いいよな」

「ジャグジーも付いてるんだぜ」

「へぇ……」

まるで不動産屋にでもなったみたいに、彼はにこにことこの部屋のいいところを説明した。

「シンクの蛇口はノズル式になってて、ホースで伸びるんだぜ。収納もたっぷりだ。玄関のところのシューズクローゼットはコートを掛けるところもある。ペットを飼う気はないが、一応ペット可だ。久原はペット飼いたいか？」

「いや、俺は別に……」

「デッキに出てみるか？」

「いいのか？」

「大丈夫だ。靴下は汚れるかも知れないが。嫌なら玄関から靴を持ってくればいい」

どうしようか？

「いや、いいよ。自分が住むわけでもないのに、未練が出る」

「未練？」

「こんなところに住みたいなって」

「住みたいのか？」

「まあね。今のマンションより会社に近いだろうし、広くて、明るくて新しい」

「そうか」

彼が妙に嬉《うれ》しそうに頷くから、もしかしてと思って訊いてみた。

「ひょっとして、船戸、ここに引っ越して来るのか？」

「さあ、どうかな。それより、次に移動するぞ」

だが彼は返事をごまかし、俺の背中を叩《たた》いて玄関へ向かった。

「また？」

いささかうんざりした様子で言うと、彼は振り向いてにやっと笑った。

「次で最後だ」

「……やれやれ、今日は振り回されっぱなしだな。少しは目的を聞かせてくれればいいのに」

「次の場所で、ちゃんと説明するよ」

「本当に？」

「ああ」

「いいだろう。それならもう少し付き合うよ」

泊まりだと言っていたのだから、次が最後の場所なら長いドライブになるだろう。

そう思っていたのに……。

ドライブは短かった。

何故なら、次の目的地は、最初に向かったあのホテルの一室だったから……。


部屋に入ると、船戸はやれやれと言った雰囲気で奥まで進み、デパートで買った紙袋を足元に置いてソファにどっかりと腰をおろした。

「まあ座れよ。コーヒーでも飲もうぜ」

そう言って、用意されていたコーヒーを銀のポットから白いカップに注いだ。

「この部屋、お前が取ってたのか？　それとも、報酬なのか？」

コーヒーのいい香りに誘われ、隣に座ると、カップが渡される。

「俺が取った。今夜はここに泊まるんだ」

「ここに？」

「そうだ」

「ここをチェックしろと頼んできたのは誰なんだ？」

「誰でもねぇさ、俺だ」

「船戸が？」

「今夜ゆっくり過ごすために、問題ないかどうかチェックさせたんだ。ホテルは幽霊がいるところとかあるだろう？　そんなもんがいたらゆっくりできないからな」

「呆《あき》れた、そんな理由だったのか」

「そんな理由とか言うな。大切だろ。久原が変なもんに取り憑《つ》かれちゃ困る。今夜は、俺だけで燃えて欲しいからな」

「燃えるって……」

「やっぱりけじめを付ける時には、それなりの仕切り直しが必要だろ？」

「仕切り直し？」

「ちゃんと、恋人として付き合うってことだ。ま、久原が女だったらプロポーズするってことだ。これからずっと、一緒にいようって言うために」

「船戸……」

その一言だけでも感動したのに、船戸は持っていたコーヒーのカップを置くと、こちらに向き直って真剣な眼差《まなざ》しを向けた。

「この間、お前が手に入ったってことだけで嬉しくて、ちゃんと言えなかったことを言わせてくれ。これからもずっと、俺と一緒にいてくれるか？」

「そんなこと、もちろん……、決まってるじゃないか」

「一緒に暮らしてくれるか？」

「もちろん」

喜びが胸を締め付け、不覚にも目が潤む。

でも、涙を零《こぼ》すのはぐっと堪《こら》えた。

なのに……。

「さっきのマンションに、引っ越してきてくれるか？」

「さっきの……。さっきの？」

まさか……。

「曰《いわ》く付き物件じゃないことは自分で確認しただろ？　いい部屋で、住みたいって言ったじゃないか。あそこで俺と暮らしてくれるか？」

「あんな……高そうな部屋家賃がいくらかかると……」

「家賃はない。買った」

「買った？」

「まあローンはあるが、俺が支払うから気にするな」

「買ったって、もし、何かいたらどうしたんだ」

「売るさ。いい物件だからすぐに売れるだろう。それで、また次を探す。お前が安心して暮らせる部屋が見つかるまでそうするつもりだった。一軒目でＯＫが出て一安心だ」

俺と一緒にいるために。

俺と暮らすために。

俺が苦しまないように。

船戸はいつも、俺が考えるより先を行く。俺のために動いてくれる。

豪華なホテルや素敵な部屋も嬉しかったが、それらをただ用意するだけでなく、ちゃんと俺の体質のことを考えてくれたことが嬉しい。

だから、堪えていた涙が零れてしまう。

どうしてお前はこんなに優しいんだ。

どうして、こんな俺を愛してくれるんだと。

そんな船戸を愛せて、愛されて、自分は幸せだと。

「一緒に暮らせば、お互い別々の仕事をしていても、一緒に過ごす時間が作れる。毎日会えるぜ」

腕が、優しく俺を抱く。

「返事は？」

暖かい胸に顔を埋《うず》め、コクコクと頷く。

「……住む。お前のいるところならどこへでも行く。……ずっと一緒に暮らしたい」

繋《つな》がりがあっても、それに理由が付いていたから、不安に思うことがあった。

自分が必要なのではなく、別のものが必要で自分を求めているのではないかと。

でも彼はそんな不安を打ち消してくれる。生活しようと、何の理由もなくても、一緒にいようと言ってくれている。

「離れないって誓うか？」

「誓う」

嬉しい、と素直に言える。

「それじゃ、仕事の都合がついたらすぐに引っ越して来い。俺もすぐに移るから」

「ああ……、すぐに準備する……」

コーヒーの味がする船戸のキス。

抱き締めてくれていた手が緩み、俺の身体《からだ》を引き離す。

「引っ越しの日時とか、電話回線のこととか、話すことは山ほどあるだろうが、その話は後回しだ。今日はゆっくり二人の時間を楽しむためにここを用意したんだからな」

「する、のか？」

「するさ。ぐちゃぐちゃになるまで。だが安心しろ準備は万端だ」

「……準備？」

船戸はにやっと笑って足元に置いたデパートの紙袋を顎《あご》で示した。

「下着、買ってきたろ？　ついでに着替えも買った」

デパートでの買い物途中、姿を消したのはそのためか。

「それに、今日はローションもゴムも持参だ」

「……ばかだな」

泣きながら、俺は笑った。

「ばかになるほど、お前に惚《ほ》れてるのさ」

「じゃあ俺もばかだ。お前の望みに、何でも付き合いたい気分だ。ベッドへ行けばいいか？　ここで脱ごうか？」

「まずは風呂に入ろう。腹が減るまで、やりまくる。もう、俺は下心丸だしでもいいんだろう？」

「いいとも。俺も抱いて欲しかった」

「いい返事だ」

辛《つら》い恋だと思っていた。

でもそんなことはなかった。

もう一度抱き合ってキスしながら、この幸福を噛《か》み締めた。

船戸を愛してよかった、と……。


仕事の後、二人で触れ合っても、それは厳密な意味ではセックスではなかった。

互いの欲望を、相手の手を借りて消化させる、という程度のものだった。

だから終わった後は、それぞれ身繕いするだけで、一緒に風呂に入るという考えはなかった。

この間俺の部屋で抱き合った時は、心から求め合い、くたくたになるまで愛し合ったけれど、我が家の小さな風呂では二人が一緒に入ることなどできなかった。

なので、これが初めての二人で一緒に入る風呂、だ。

裸など見慣れているのに、妙に気恥ずかしいのはそのせいだろう。

脱衣所で服を全て脱ぎ捨て、シャワーで軽く流してから、湯を張ったバスタブに身を沈める。

湯量はまだ十分ではなく、臍《へそ》の辺りまでしかなかった。

「来いよ」

向かい合って入ったのに、船戸は俺を呼び、反転させると重なるように身を寄せ、背後から腕を回した。

「スプーンポジションって言うらしいぜ」

「何が？」

「こうして重なること。スプーンを重ねると、ぴったり重なってくだろ？　だからそう言うらしい」

「へえ、洒落《しゃれ》た言葉を知ってるな」

「ぴったり重なるっていうのがいいだろ？」

回された腕は前で軽く組まれたままだったが、唇がうなじを吸う。

身体は温まってるのに、ゾクリと鳥肌が立った。

「陽があるうちに風呂に入るってのは、悪くないな」

バスルームに差し込む陽光の中、彼の声が耳をくすぐる。

「お前と、こうして何にもしないで一緒にいるのも悪くないと思ってた。穏やかな時間、ってのがあってもよかったたってな」

「なかったわけじゃないだろう？」

「あー…、やり直してぇ。最初から相思相愛なら、もっとデートとか色々したのに」

「今からでもいいじゃないか」

「十代の甘酸っぱい恥じらいみたいなのを感じてみたかったんだ。手を繫ぐだけでドキドキするようなな。だが今はもうダメだ。我慢ができない」

もう一度首筋にキスされ、甘く嚙まれる。

「……あ」

前で組んでいた手が動きだし、俺の身体をまさぐった。

湯はもう胸元まできていたので、手は泳ぐように動いている。

「痕《あと》は残すなよ……」

「激しい彼女だと思わせればいいだろう」

「伊藤がいるだろ」

情交の痕を残して、自分達《たち》の恋愛を知ってる人間の前に出るほど根性はない。

「あいつな」

「スクーター、買ってやったのか？」

「ああ。その代わり、会社でお前が美女と歩いてたって噂《うわさ》でも流しとけって言っといた」

「何でそんな……っ、ん……」

会話をしてるのに、手は動きを止めず、俺を煽《あお》る。

「社内の女共に言い寄られないようにだ。モテるらしいじゃないか」

「そんなの……、知らない……」

指が、温まって柔らかくなった胸の先を玩具《おもちゃ》のように弄《もてあそ》ぶ。

微妙に回したり、引っ張ったりされて、身体が疼《うず》き始める。

「あいつが言うには、結構色々訊かれるらしいぞ。付き合ってる女はいないのかって。気づいてないならそのままでいい。女になんか気を取られるな」

「船戸は……、彼女とかいたクセに」

文句を言うと、指がピタリと止まった。

「それはまあ……代用品で」

「嫉妬《しっと》はするが、責めてるわけじゃない。これからよそ見をしないでくれれば」

湯がいっぱいになってきたので、俺は手を伸ばして蛇口を捻《ひね》り、湯を止める。

「嫉妬してくれるのか？」

「ずっとしてたさ。いっそ自分も他の人間と付き合ってみようかと……」

言いかけた途端、また首を嚙まれた。

「痛ッ」

「二度と他のヤツをお前の身代わりになんかしない。だからお前も他のヤツのことを考えるな」

「嫉妬？」

振り向いて手を伸ばし、彼の頰《ほお》に触れる。

「した」

素直な言葉に思わず微笑《ほほえ》む。

「嫉妬するのは嫌な気分だが、嫉妬されるっていうのはいい気分だな」

首を捻ってキスしてやると、もう我慢ができないというように彼は挑んできた。

ぴったりと収まっていたポジションから、俺の身体を捻って向き直らせてから与える、舌を使った深いキス。

確かに、もう甘酸っぱいもどかしさを感じるのは無理かもしれない。

手が届くなら手を伸ばしたい。

触れられるなら、どこまでも触れ合いたい。

自分達はその欲望を満足させる方法も知っているし、互いにそれを許しているのだから。

官能的な長いキスをしながら、手が動く。

俺の腕は彼の背に。

彼の手は俺の胸に。

そのままバスタブに押し付けられ、唇が移動してゆき、指と舌とで胸を嬲《なぶ》られる。

「あ……」

動くと、水面に波が立ち、水音が響いた。

水遊びをしているような、パシャンという軽い音と共に飛沫《しぶき》が散る。

愛撫《あいぶ》をしながら彼は俺の脚を抱え、その間に身を置いた。

彼の膝《ひざ》の上に、大股《おおまた》を開いて乗るような格好になり、二人の熱が当たる。

「どこもかしこも柔らかい」

「それは……、お湯に浸《つ》かってるから……」

「ここも」

船戸の指が股間《こかん》の奥へ伸びる。

「あ……っ」

そして穴に触れた。

「……柔らかいな」

彼の言葉通り、触れた指先が簡単に中へ侵入する。

「すぐ入りそうだ」

「そんなに簡単にいくか……。自分の大きさを考えろ」

「イケるって」

「まだ早い。……っばか」

指は先だけでは我慢できないというように、グッと奥へ差し込まれた。

思わずのけ反ると、また水音がする。

自分の動きを音が表しているようだ。

「『まだ』ってのはいいセリフだな。これから俺がその気にさせるんだって気になる」

俺は、遊びだったと告白されても彼の彼女に嫉妬していた。

だがもしかしたら、船戸は俺の中に入ってきた幽霊達に嫉妬していたのかも。俺を欲情させた自分ではない者に。

「生理現象と愛情は別だよ」

と言うと、彼はフン、と鼻を鳴らした。

当然だ、というように。

抱き合って、キスをして、触れ合う。

肌と肌とが擦《こす》れ合い、同じ体温になってゆく。

身体の内側に埋み火のようにあった欲望がどんどん大きくなり、もう水音も気にならない。

「ん……」

船戸の動きが忙《せわ》しなくなり、身体のあちこちが彼に応えてヒクヒクと痙攣《けいれん》する。

「あ…、あぁ……」

前を握られ、先を擦られる。

目の前にあった彼の耳に軽く歯を当て、ぺろりと舐《な》める。

「くすぐってぇよ」

お返しとばかりに、中に差し込まれた指が入口を広げようと蠢《うごめ》いた。

「だめ……。よせ……」

船戸の手が俺を愛撫することに専念していたので、溺《おぼ》れないように彼に必死にしがみつく。

「どうして？」

「風呂の中で出したくない……。もう入れなくなる」

自分が出したものの中に浸かりたくない。

船戸も、意味がわかったのだろう、渋々ではあるがゆっくりと指を引き抜いた。

そのずるりとした感覚が、肌を粟立《あわだ》てたが、名残惜しさは見せなかった。そんな顔をしたら、止めてくれないに決まっている。

「それもそうか。じゃ、風呂の中でするのは、明日チェックアウトの前にしよう。部屋は広いんだし、どこででもできるだろう」

「……ベッドにしてくれ」

「ベッドの中なら、これから何時《いつ》でもできるだろ？　ホテルでしかできないトコでしようぜ」

不穏な言葉に、身体を離して彼を睨《にら》む。

「どこでするつもりだ？」

「テーブルの上とか、ソファの上とか、窓辺とか」

船戸は指を折ってそう言った後、にやりと笑った。

「取り敢《あ》えず、まずそこで立ったままってのに挑戦するか」

ガラス張りのシャワーブースに視線を向けて……。


船戸の望みを叶《かな》えることは自分にとっての喜びだ。

彼と繋がることも、共に快楽に溺れることも。

彼と同じ部屋で暮らし、共に生活することは幸福以外の何ものでもない。

だが、ぐったりとベッドに横たわり、彼が頼んでくれたルームサービスの夕食を待っている間、俺は一つだけ心に決めた。

あのマンションに引っ越す前に、しなければならないことがある、と。

声も嗄《しわが》れ、腰も痛み、腕も脚も疲れた今だからこそ、実感した。

絶対に自分の部屋には内鍵《うちかぎ》を付けなければ、と。

彼の求めを拒めないであろう自分には、仕事に支障を来さず、自分の身体を守るためにはそれが絶対必要だ。

「メシ食って一休みしたら、ベッドの中でするか？」

こんな男と暮らすためには……。

あとがき

初めまして、もしくはお久し振りでございます。火崎勇《ひざきゆう》です。

この度は『黄泉《よみ》の唇《くちびる》』を、お手にとっていただき、ありがとうございます。

イラストの亜樹良《あきら》のりかず様、素敵なイラストありがとうございます。担当のO様、色々とありがとうございました。

さて、今回お話、いかがでしたでしょうか？

女性は心霊モノが苦手だから、心霊モノはダメですよ、と言われ続けていたのに、遂に書いてしまいました。

まあ、今はそんなに珍しいものではないかもしれませんが。

霊媒体質の久原《くはら》と、その恩恵に与かっている船戸《ふなと》。

船戸サイドからすると、頭がよくて、美人で、人付き合いがあまりよくない久原に心惹かれていたけれど、自分とは水と油。恋愛になんて発展しないだろうなぁ、と思っていたら、いきなり一人エッチのシーンを見せられて、ドキュンと心臓打ち抜かれた感じです。

もしあれを見なかったら、想ってるだけで告白もせずに終わっていたかも。

そしてこの恋はそこで終わっていたでしょう。

でも、ずーっと据え膳を前に水だけ飲まされてる状態だった船戸には辛い日々だったんだろうなぁ(笑)。

でも、これからは食べ放題です。家に帰れば、いつでも腹いっぱいです。

そうなると、今度辛いのは、久原の身体……。

でも、愛があるからまあいいか。

伊藤《いとう》にからかわれながらも、素敵な新婚家庭でしょう。

でも、まだ根本の問題は残ってるので、船戸のいない時にまた幽霊に会って、あの状態になってしまった時に、一人で頑張ってるのを別の男に見られたり、霊媒体質であることを知られて脅されたりするトラブルがあってもいいかも。

いや、今回久原でしたから、船戸狙いの男がいて、久原の体質を知り「あんたは船戸にとって重荷なんだよ」と言われたりして。

悩んで、距離を取ろうとする久原。でも、船戸が久原を離すわけがないので、よそよそしくなった久原を押し倒してしまうかも。

事実がわかれば、そんなことを吹き込んだヤツをボコボコです。

久原は知らないのですが、実は船戸は元武闘派なのです。多分、今もこっそりと……。

そろそろ時間となりました。また会う日を楽しみに、皆様ご機嫌好う。

LYNX ROMANCE

小説原稿募集

リンクスロマンスではオリジナル作品の原稿を随時募集いたします。

募集作品

リンクスロマンスの読者を対象にした商業誌未発表のオリジナル作品。
（商業誌未発表のオリジナル作品であれば、同人誌・サイト発表作も受付可）

募集要項

＜応募資格＞
年齢・性別・プロ・アマ問いません。

＜原稿枚数＞
４５文字×１７行（１枚）の縦書き原稿、２００枚以上２４０枚以内。
※印刷形式は自由。ただしＡ４用紙を使用のこと。
※手書き、感熱紙不可。
※原稿には必ずノンブル（通し番号）を入れてください。

＜応募上の注意＞
◆原稿の１枚目には、作品のタイトル、ペンネーム、住所、氏名、年齢、電話番号、メールアドレス、投稿（掲載）歴を添付してください。
◆２枚目には、作品のあらすじ（４００字～８００字程度）を添付してください。
◆未完の作品（続きものなど）、他誌との二重投稿作品は受付不可です。
◆原稿は返却いたしませんので、必要な方はコピー等の控えをお取りください。
◆１作品につき、ひとつの封筒でご応募ください。

＜採用のお知らせ＞
◆採用の場合のみ、原稿到着後６カ月以内に編集部よりご連絡いたします。
◆優れた作品は、リンクスロマンスより発行させていただきます。
原稿料は、当社既定の印税でのお支払いになります。
◆選考に関するお電話やメールでのお問い合わせはご遠慮ください。

宛先

〒151-0051
東京都渋谷区千駄ヶ谷４−９−７
株式会社　幻冬舎コミックス
「リンクスロマンス　小説原稿募集」係

LYNX ROMANCE イラストレーター募集

リンクスロマンスでは、イラストレーターを随時募集いたします。

リンクスロマンスから任意の作品を選び、作品に合わせた
模写ではないオリジナルのイラスト（下記各1点以上）を描いてご応募ください。
モノクロイラストは、新書の挿絵箇所以外でも構いませんので、
好きなシーンを選んで描いてください。

1 表紙用 カラーイラスト

2 モノクロイラスト（人物全身・背景の入ったもの）

3 モノクロイラスト（人物アップ）

4 モノクロイラスト（キス・Hシーン）

募集要項

＜応募資格＞

年齢・性別・プロ・アマ問いません。

＜原稿のサイズおよび形式＞

◆Ａ４またはＢ４サイズの市販の原稿用紙を使用してください。
◆データ原稿の場合は、Photoshop（Ver.5.0 以降）形式でＣＤ－Ｒに保存し、出力見本をつけてご応募ください。

＜応募上の注意＞

◆応募イラストの元としたリンクスロマンスのタイトル、あなたの住所、氏名、ペンネーム、年齢、電話番号、メールアドレス、投稿歴、受賞歴を記載した紙を添付してください（書式自由）。
◆作品返却を希望する場合は、応募封筒の表に「返却希望」と明記し、返却希望先の住所・氏名を記入して返送分の切手を貼った返信用封筒を同封してください。

＜採用のお知らせ＞

◆採用の場合のみ、６カ月以内に編集部よりご連絡いたします。
◆選考に関するお電話やメールでのお問い合わせはご遠慮ください。

宛先

〒151-0051 東京都渋谷区千駄ヶ谷 4－9－7
株式会社　幻冬舎コミックス
「リンクスロマンス　イラストレーター募集」係

この本を読んでの
ご意見・ご感想を
お寄せ下さい。

〒151-0051
東京都渋谷区千駄ヶ谷4-9-7
(株)幻冬舎コミックス　リンクス編集部
「火崎《ひざき》 勇《ゆう》先生」係／「亜樹良《あきら》のりかず先生」係

リンクス ロマンス

黄泉の唇

2016年3月31日　第1刷発行

著者……………火崎《ひざき》 勇《ゆう》
発行人…………石原正康
発行元…………株式会社　幻冬舎コミックス
〒151-0051　東京都渋谷区千駄ヶ谷4-9-7
TEL 03-5411-6431（編集）
発売元…………株式会社　幻冬舎
〒151-0051　東京都渋谷区千駄ヶ谷4-9-7
TEL 03-5411-6222（営業）
振替00120-8-767643
印刷・製本所…共同印刷株式会社
検印廃止

ISBN978-4-344-83620-4 C0293
Printed in Japan

幻冬舎コミックスホームページ　http://www.gentosha-comics.net